Illas Ende

José Moselli
Illas Ende
Der Untergang eines Stadtstaates

Aus dem Französischen übersetzt
von
Detlef Eberwein

Titel des französischen Originals:
La fin d'Illa
Erschienen in „Sciences et Voyages",
Nr. 283 (29. Januar 1925) bis 306 (9. Juli 1925)
Paris: Offenstadt 1925

Herstellung und Verlag: BoD – Books on Demand, Norderstedt
ISBN 9783752670189

Inhaltsverzeichnis

Prolog

Grampus Island

Es ist ja schon wahr, dass eine wie auch immer geartete Geschichte einen Anfang hat, wie es schon sein muss, dass alles einen Anfang hat, da ja nichts keinen Anfang hat. Der Anfang einer Geschichte ist einfach der Augenblick, von dem an man sich für ihre Helden interessiert. Zumindest in der Mehrzahl der Fälle, aber nicht in diesem, der uns beschäftigt.

Das wird man sehen.

Am 22. März 1875 segelte die amerikanische Brigg *Grampus*[1] von Norfolk in Virginia aus mit all ihren Segeln gesetzt fröhlich Richtung Südosten.

Der einige Stunden zuvor von Kapitän Ellis bestimmte Standort hatte als Ergebnis 163° westlicher Länge und 18° 33′ nördlicher Breite erbracht, Zahlen, die im Übrigen mit Vorsicht zu genießen sind, da sich Kapitän Ellis sehr viel besser darauf verstand, einen Mann mit einem Faustschlag niederzustrecken oder ein Pint Whisky mit einem Zug zu leeren, als eine Höhenlinie richtig zu berechnen.

Wenig bedeutsam. Die *Grampus* segelte mitten im Pazifik, weit von jedem Land entfernt, und ein Irrtum von ein paar Meilen konnte überhaupt nichts schaden.

Die Ellenbogen auf den Heckbalken gestützt, eine Pfeife im Mund – eine echte Stummelpfeife, deren Kopf weniger als drei Zentimeter von seinen Lippen entfernt war – dachte Kapitän Ellis, ein kleiner breitschultriger und untersetzter Mann, melancholisch daran, dass er siebzehneinhalb Monate, nachdem die *Grampus* Norfolk verlassen hatte, um auf Walfang zu gehen, keine Chance gehabt hat, einen dieser Cetacea zu sehen. Nein. Keinen einzigen.

Wenn dies auch nur noch ein wenig länger dauerte, musste man auf die legendäre *Cachalot*[2] zurückkommen und so singen: *„Wir haben weder Wale noch Wälchen angetroffen; die Welt haben wir umsegelt,*

---

1 *Grampus* heißt auch der Walfänger in Edgar Allan Poes einzigem Roman „The Narrative of Arthur Gordon Pym" (deutsch „Die Erzählung des Arthur Gordon Pym aus Nantucket". (Anm. d. Übers.)

2 Cachalot ist der französische Name des Pottwals. Der Verweis auf ein Schiff dieses Namens bezieht sich vermutlich auf den halbautobiografischen Roman „The Cruise of the Cachalot" von Frank T. Bullen, erschienen 1898. Das hier wiedergegebene Zitat kann ich in der online im „Project Gutenberg" verfügbaren Ausgabe allerdings nicht finden. (Anm. d. Übers.)

unser Laderaum ist leer, und wir haben keinen Sou mehr, hatten aber eine verdammt gute Zeit!"

Für den Augenblick blieb noch die Hoffnung … Ellis rechnete sehr damit, Wale in der Umgebung der Linieninseln zu finden. Aber er war auf der Hut, denn er fürchtete, dass seine Besatzung, die der Schläge und des salzigen Stockfisches überdrüssig war, die Gelegenheit nutzen und sich davonmachen würde, wenn er sich zu sehr dem Land näherte.

„Ja, eine verdammt gute Reise!", schimpfte er vor sich hin und biss mit seinen kleinen und gelben Zähnen fest auf das kurze Mundstück seiner kurzen Pfeife aus Horn. „Bei den verdammten Galgenvögeln, die ich an Bord habe, muss ich …"

„Land! Ho!", rief in diesem Augenblick der Ausguck, der auf der Bramsegelstange stand.

„Bist du verrückt oder betrunken, Mann?", blaffte Ellis, indem er den Kopf zu dem Seemann hin hob, der gerufen hatte.

Denn er wusste, dass es hundert Meilen im Umkreis kein Land, keine Insel, kein Atoll und nicht einmal ein einfaches Riff gab.

„Land gerade voraus, Kap'tän!", präzisierte der Wachmann.

„Das Schwein muss besoffen sein, das steht fest!", murmelte der Kapitän der *Grampus* und vergaß dabei, dass es schon seit langer Zeit keinen Tropfen Alkohol mehr an Bord gab – außer für ihn in seiner Kabine.

Mechanisch blickte er dennoch nach vorn.

„Damn'd!", rief er zwischen seinen zusammengebissenen Zähnen aus.

Seine Verblüffung war so groß, dass er seine Pfeife loslassen musste.

Weniger als drei Meilen vor der Brigg erhob sich eine große, kreisförmige Insel aus dem Ozean.

Man hat sich eine Linse aus Stein vorzustellen, die von einem phosphoreszierenden, wie Spitze wirkenden Schaum umgeben ist … Und auf der seltsamen Insel kein Licht, kein Baum, zumindest nichts, was im Augenblick sichtbar wäre.

„Damn'd!", wiederholte Kapitän Ellis und schüttelte den Kopf.

Wenn er auch kein guter Rechner war, so war er doch ein praktischer und erfahrener Seemann. Er wusste, dass im Pazifik zahlreiche Riffe nicht auf den Karten verzeichnet sind, dass unterseeische Untiefen sie umgeben und dass der geringste Zusammenstoß mit einem Korallenblock genügen würde, um die *Grampus* zu verlieren.

„Klar zum Manöver!", brüllte er und stürzte auf die Brücke, wo die Matrosen der Wache schliefen.

Diejenigen, die seine Stimme nicht geweckt hatte, wurden mit ein paar soliden Stiefeltritten in die Wirklichkeit zurückgeholt.

Weniger als zehn Minuten später schaukelte die *Grampus* mit eingeholten Segeln ruhig auf den plätschernden Wogen.

Kapitän Ellis hatte beschlossen, den Tag abzuwarten, um die unbekannte Insel zu erkunden. Sein Wasservorrat war dürftig. Er hatte die Absicht, sich den Umstand zunutze zu machen, um sich nach Möglichkeit mit Nachschub zu versorgen und damit zu vermeiden, auf den Linieninseln an Land zu gehen und zu riskieren, dass seine Matrosen das Weite suchten. Auf dieser Insel, die unbewohnt zu sein schien, würden die Kerle keine Lust haben, die *Grampus* zu verlassen.

Nachdem er dann seinem ersten Offizier die Wache übergeben hatte, ging Kapitän Ellis hinunter in seine Kabine und konsultierte die Karte.

Es war kein Irrtum möglich. An dem ungefähren Ort, den die Insel einnahm, zeigte die Karte Meerestiefen von mehreren tausend Metern, und das in einem Umkreis von mehreren Dutzend Quadratmeilen ...

„Zweifellos ein Vulkanausbruch?", dachte Ellis. „Hoffentlich gibt es da Wasser? Man wird sehen!"

Daraufhin holte er aus seinem Schrank eine Weinflasche – denn sein Vorrat war ihm noch nicht ausgegangen –, widmete dem Behältnis eine lange Umarmung, legte sich in seine Koje und schlief ein.

Bei Tag stand er auf und bestieg mit acht zuverlässigen Männern und einem Dutzend leerer Fässer eine Schaluppe der Brigg.

Die Insel war noch fast drei Meilen entfernt; es war etwas weniger geworden, da die Strömung die *Grampus* leicht in ihre Richtung getrieben hatte.

Unter den Strahlen der Sonne, die immer glühender wurden, je mehr das Gestirn am klaren Himmel anstieg, fuhren die Matrosen der Brigg dahin ...

Die unbekannte Insel kam näher. Sie war von einer dünnen Linie Klippen umgeben, über denen sich das Meer sanft brach. Sie wurden leicht überwunden, und das Boot lief am Ufer auf Grund.

Ein seltsames Ufer. Große Platten aus grauem Stein, der dem Bimsstein ähnelte, aber von einer Härte, in die sich der Stahl nicht fressen konnte, und aneinandergefügt mit der Sorgfalt der Arbeit eines Möbeltischlers.

Kein Mörtel. Kein Zement. Sie waren sozusagen miteinander verkeilt.

Ellis und seine Männer ließen einen Schiffsjungen im Boot und gingen schweigend an Land.

Sie konnten sogleich feststellen, dass sich an manchen Stellen Koralleneffloreszenzen zwischen den fremdartigen Platten festgesetzt hatten. Algen in bizarren Formen ruhten getrocknet in der Sonne. Skelette von Fischen, von Wesen unbekannter Gestalt waren da und dort in den Vertiefungen der Steine angehäuft.

Aber keine Spur von Menschen. Nichts als dieser gräuliche Fels, halb bedeckt von den Korallen und den Resten von Algen und Fischen.

Ellis, seinen Karabiner in der Hand – vorsichtshalber hatte er sich und seine Männer bewaffnet – schritt weiter voran.

Er konnte bald erkennen, dass auf diesem Boden Wege angelegt worden sein mussten. Fünfzig bis sechzig Meter breite Wege, glatt wie eine Billardkugel, aber immer voller Abfall.

Ungefähr zweihundert Meter vom Ufer entfernt blieb Ellis abrupt vor etwas stehen, das er für einen Felsblock gehalten hatte.

Das war ein menschlicher Kopf, der Kopf einer gigantischen Statue. Ein Kopf, dessen wunderbare Schönheit den ungebildeten und ungehobelten Walfänger beeindruckte ... Ein verstümmelter Kopf, gesprungen, gerissen, zur Hälfte von den Korallen bedeckt, die sich in seinen Rissen festgesetzt hatten.

In einigen Sekunden hatten die Seeleute der *Grampus* zu ihrem Chef aufgeschlossen und bildeten einen Kreis um den gigantischen und merkwürdigen Überrest.

„Sie ist größer als die Sphinx, mein Wort darauf!", brummte Ellis schließlich, ohne zu übertreiben.

Er blickte sich um, als ob er erwartete, die Pyramiden zu gewahren. Soweit das Auge reichte, nichts als gräuliche Steinplatten.

Keine sonstigen Überreste.

„*Go on!* (Vorwärts!)", murmelte der Kapitän des Walfangschiffs schließlich.

Gefolgt von seinen Matrosen ging er los ...

Die rohen Walfänger waren schweigsam, als ob sie sich auf einem Friedhof befänden.

Hinter ihrem Kapitän legten sie ungefähr fünfhundert Meter zurück, und nachdem sie an einer Art Verwerfung vorbeigekommen waren, die offensichtlich von einem Erdstoß hervorgerufen worden war, gelangten sie plötzlich auf den Gipfel der Insel, das heißt, die Mitte der gigantischen Felsenlinse.

Erneut hielt Ellis an. Um ihn herum lagen auf dem Boden Platten aus einem durchscheinenden Material von grünblauer Farbe, ungefähr einen Zentimeter dick, zwanzig lang, fünf breit ... Es gab Tausende davon, alle unversehrt.

Als er sich gebückt hatte, stellte Ellis fest, dass sie an ihrer Schmalseite mit zwei hornartigen Vorsprüngen versehen waren, die dazu gedient haben konnten, sie aufzuhängen. Er hob eine davon auf und sah, dass sie mit bizarren Zeichen in geometrischen Formen bedeckt war.

Da gab es gleichseitige Dreiecke, ungleichseitige Dreiecke, Rechtecke, Kreise, Kugeldreiecke, kurz, fast sämtliche Formen der Geometrie und sogar einige, die der Kapitän der *Grampus* nicht identifizieren konnte und die sich auf Aufgaben bezogen, die er nie angegangen hatte.

Diese Figuren waren untereinander – wenn man so sagen kann – durch Punkte verbunden, die gekrümmte, gerade, durchbrochene, parallele, sich schneidende Linien bildeten. Die einen waren einfach, andere doppelt oder dreifach.

„Das ist gewiss die Schrift eines Wilden!", murmelte Ellis ohne bösen Unterton vor sich hin. „Aus Glas, würde man sagen!"

Er hob die Hand und schleuderte die Platte, die er aufgesammelt hatte, mit all seiner Kraft zu Boden. Ein kurzes Prasseln ganz ähnlich dem ertönte, das beim heftigen Zerreißen eines groben Stoffes entsteht, während eine kurze violette, grelle Flamme daraus emporschoss.

„Damn'd!", brachte Ellis hervor und warf sich rasch zurück.

„Das ist Teufelszeug!", murmelte einer der Seeleute.

James Ellis glaubte vielleicht an den Teufel. Jedenfalls glaubte er gewiss an die Freuden, die Geld bereitet. Wie der Blitz kam ihm der Gedanke, dass man diese bizarren Platten vielleicht verkaufen könnte, und das zu einem guten Preis. Wenn er schon kein Walöl mitbrachte, könnte er das vielleicht damit ausgleichen, dass er diese diabolischen Steine verkaufte.

„Ruhe jetzt!", erklärte er. „Diese Backsteine da sind Geld wert!... Die Gelehrten werden sie uns teuer bezahlen ...., umso mehr, da sie ‚beschriftet' sind. Man hat viele Dinger dieser Art verkauft, die aus Yucatán stammten!... Ans Werk, Jungs, und wir laden das alles auf! Ich könnte mir denken, dass wir unsere Zeit nicht verplempert haben und dass wir ..."

„Und das da, Kap'tän!", unterbrach respektlos einer der Seeleute, der sich ein paar Schritte weit entfernt hatte.

„Was, das da?", knurrte Ellis.

Er musste erregt sein, denn unter jedem anderen Umstand hätten seine Faust oder sein Stiefel den Störenfried schon getroffen.

„Se… sehen Sie!", schluchzte der Mann.

Dies wurde mit einer solchen Stimme gesagt, dass Ellis geschockt war. Und er sah.

Am Fuß eines grauen Steinblocks lag eine Kugel von der Größe einer Orange. Man hätte gesagt, ein Amethystblock, ein von tiefroten Venen durchzogener Amethyst, dessen Zentrum von einem vollkommen schwarzen Kern gebildet wurde.

„Also?", schrie Ellis. „Hebe sie auf, und zeige sie her!"

Der Mann rührte sich nicht. Ellis trat einen Schritt vor und befand sich damit an einer Stelle, wo die geheimnisvolle Kugel die Strahlen der Sonne in seine Augen lenkte.

„Oh! Oh!", stieß er hervor. „Zu mir!"

Die Seeleute eilten herbei. Kapitän Ellis war blind. Er hielt sich die Hände vor die Augen, taumelte und fiel zu Boden.

Ein Matrose stürzte sich auf die Kugel. Im selben Augenblick bückte er sich und packte die Kugel, ohne von ihr belästigt zu werden.

„Oh! Ist die schwer!", schimpfte er vor sich hin.

Keiner achtete auf seine Worte: Die groben Matrosen vergaßen die Brutalitäten und die Bösartigkeiten ihres Kapitäns und umringten ihn. Man hob ihn hoch. Man setzte ihn hin. Er stieß wütende Flüche aus und wandte den Kopf, um instinktiv zu versuchen, das Licht wieder zu sehen.

„Dort! Dort!", machte er, indem er seinen toten Blick auf die violette Kugel richtete, die aufzuheben dem Matrosen endlich gelungen war und die er mit seinen großen tätowierten Händen umschloss.

„Das ist schwerer als Blei! Zwanzigmal schwerer!", sagte der Mann, und vor Anstrengung war sein Gesicht rot und waren die Venen an seinen Schläfen geschwollen.

Er ließ die geheimnisvolle Kugel wieder fallen und stieß einen abgrundtiefen Seufzer aus.

„Mehr als hundert Pfund!", murmelte er und trocknete sich die Stirn mit dem Ärmel seiner Matrosenjacke ab.

„Dort! Dort! Die Kugel!", wiederholte indessen der Blinde und streckte seine Hand danach aus. „*Damn'd!* Bringt mich an Bord zurück, Jungs! Ich sehe nicht mehr! Oh! Mein Kopf!"

„Ich sage es euch, ich, da ist der Teufel auf dieser verdammten Insel!", knurrte ein schwarzer Matrose.

„Halt die Klappe, Sam, bloßer Idiot, der du bist ... Ihr seid alle Schweine und Nichtskönner! Bringt mich zurück an Bord, oder ich verpasse euch eine Tracht Prügel! ... Wartet ein bisschen, bis mein Schwindelanfall vorbei ist!“, drohte Kapitän Ellis. „Ich werde euch den Marsch blasen, ja!“

Diese von einem Mann ausgesprochenen Worte, der seiner Sehkraft beraubt ist, waren ganz einfach grotesk. Aber die Seeleute der *Grampus* waren so daran gewöhnt, vor ihrem Kapitän zu zittern, dass keiner es wagte die Stimme zu erheben.

„An Bord!“, wiederholte Ellis. „Und mit Rückenwind, wie? Parker! Komm her! Ich werde mich auf dich stützen! Und pass auf, dass du mich nicht stolpern lässt, wenn du an deinem schmutzigen Kopf hängst!“

Parker, ein sechs Fuß großer Koloss, näherte sich watschelnd Kapitän Ellis. Dieser packte ihn am Arm:

„Auf geht's!“

„Und die Kugel? Nehmen wir sie mit?“, fragte der Mann, der die violette Kugel aufgehoben hatte.

„Bring Sie deiner Großmutter! Ich will davon nichts an Bord haben, verstehst du! Lass das!“, befahl Ellis.

Der Mann gehorchte aus Gewohnheit: Er ließ die Kugel fallen.

Zur großen Überraschung aller gab es nur einen dumpfen Schlag. Kein Funke und kein Prasseln. Aber als die Kugel auf eine der Platten traf, die den Boden bedeckten, ließ sie diese buchstäblich zersplittern.

Ein eiförmiger Hohlraum erschien, gerade groß genug, um eine Melone mittlerer Größe aufzunehmen. Er war im Innern mit einem rötlichen Belag verkleidet, der ziemlich Schamotte glich.

„Alsdann! Kommt ihr wohl her?“, brüllte Ellis, der sich mit einer Hand an Parkers Arm festhielt und sich mit der anderen die erloschenen Augen hielt. „Oh! Wartet nur, bis ich wieder sehen kann, dann mache ich euch Beine, meine Galgenvögel! Ich wollte, der Teufel würde euch alle holen und euch mit euren Eingeweiden erdrosseln! ... Hörst du, Parker? Geh los, oder aber ...!“

Ein lautes, von den Matrosen der *Grampus* ausgestoßenes Geschrei überdeckte seine Stimme.

Verblüfft schwieg er einen Augenblick und fragte dann:

„Was haben sie jetzt noch, diese nichtsnutzigen Matrosen?“

Wenn es Kapitän Ellis noch möglich gewesen wäre, sich seiner Augen zu bedienen, wäre seine Neugier sofort befriedigt worden: Einer der Seeleute, der sich über den in die graue Steinplatte gebohrten Hohlraum gebeugt hatte, hatte daraus ein Buch hervorgeholt.

Ein Buch ähnlich wie diejenigen, die von den Japanern und den Chinesen verwendet werden, das heißt, deren Blätter wie eine Ziehharmonika gefaltet sind und von links nach rechts auf der einen Seite und dann auf der gegenüberliegenden Seite gelesen werden.

Der eigenartige Band war in einer Hülle aus bronzefarbenem, zwischen grün und braun spielendem Metall enthalten, die ungefähr die Größe einer Zigarrenschachtel hatte. Sie bestand aus einem Material dünner als Papier, war dabei aber fast unzerreißbar. Von gelber Farbe, waren seine Seiten mit geometrischen Zeichen bedeckt, die von den einfachsten bis zu den kompliziertesten reichen. Drei miteinander verschlungene Kreise waren auf die Metallhülle graviert.

Die Seeleute der *Grampus* schoben sich und stießen sich, nachdem sie sich sogleich um ihren Kameraden versammelt hatten, und während sie den außergewöhnlichen Fund betrachteten, tauschten sie untereinander lustige, alberne oder einfach verwunderte Bemerkungen aus.

„Muss ich euch erst eine Kugel ins Geripppe jagen, ihr Halunken?", explodierte Kapitän Ellis, als er feststellte, dass man ihm kein Gehör schenkte.

Jetzt hörten ihn die Seeleute. Sie drehten sich um und sahen, dass ihr Kapitän Parker losgelassen und seinen Karabiner in ihrer Richtung an die Wange gelegt hatte.

„Es ist ein Buch, Kap'tän! Ein Buch, das Joyce gerade in einem Loch gefunden hat!", erklärte einer der Matrosen.

„Zum Teufel mit der Kugel, und mit euch allen! An Bord, zum Teufel, und los geht's!", wetterte Ellis mit wütender Stimme.

Dieses Mal gehorchten die Seeleute. Im Übrigen waren sie alle von einem gewissen Unwohlsein befallen. Die Wunder, denen sie beigewohnt hatten, seit sie auf der unbekannten Insel an Land gegangen waren, erfüllten sie mit einer dumpfen Angst.

Schweigend kehrten sie zu ihrer Schaluppe zurück. Sie bestiegen sie und nahmen die geheimnisvolle violette Kugel und die Bronzehülle mit, die das Buch enthielt ...

Die weitere Fahrt der *Grampus* musste wohl erfolgreicher gewesen sein. Acht Monate später lief die Brigg, ihre Laderäume gefüllt mit Walöl und mit sich unter der Last der daran zum Trocknen aufgehängten Barten biegenden Hebezeuge, in den Hafen von San Francisco ein.

Kapitän Ellis, der das Sehvermögen nicht wiedererlangt hatte und es niemals wiedererlangen sollte, hatte das Kommando abgegeben und die Leitung des Schiffes seinem Zweiten überlassen.

Es war dieser letztgenannte, der die geheimnisvolle Kugel sowie das in der Metallhülle eingeschlossene Buch mit von Bord nahm. Der Seebericht des Kapitäns der *Grampus* rief kaum eine Sensation hervor.

In diesem Bericht schilderte Kapitän Ellis, was auf der unbekannten Insel geschehen war, die er zu Ehren seiner Brigg Grampus Island genannt hatte.

„Grampus Island?", kicherte der Mitarbeiter der amerikanischen Admiralität in Washington albern, als ihn der Bericht erreichte. „Ha! Ha! Sie sind alle gleich, diese Kapitäne. Können nicht rechnen! Er wird sich verrechnet haben und tauft eines der Riffe von Fanning Island mit dem Namen seines Schiffes! Na gut, das nächste hydrografische Schiff, das ausfährt, soll sich dieses Grampus Island sowie seine Bimssteinplatten und seine Glasbausteine ansehen."

Es ergab sich, dass die *Dixie*, ein Kreuzer der amerikanischen Marine, auf der Fahrt von Seattle nach Sydney einige Monate später ungefähr in der Gegend der angeblichen Lage von Grampus Island befand. Ihr Kapitän wollte sich der Richtigkeit des Berichts von James Ellis vergewissern. An der angegebenen Stelle war nichts zu finden. Er ließ siebenhundert Faden tief loten. Zwei Tage und eine Nacht lang untersuchte er die Umgebung. Nichts in den Tiefen, die zwischen sechshundert und tausend Faden schwankten. Nicht das kleinste Riff.

Grampus Island wird niemals auf den amerikanischen Karten zu finden sein. Und das zu Recht: Niemand sollte es jemals wiederfinden.

Während dieser Zeit hatte sich Mr. Wilson Dill, der zweite Kapitän der *Grampus*, der nach der Erblindung von Ellis zum Kommandanten befördert worden war, mit diesem letztgenannten verständigt, um den größtmöglichen Nutzen aus dem Buch und der Amethystkugel zu ziehen.

Mehrere Trödler und Antiquare, an die sie sich wandten, boten ihnen lächerliche Beträge für die beiden Gegenstände.

Ein Chemiker versicherte, die Kugel bestände aus einem Bleimaterial, das mit Salzen gesättigt wäre, die es durchscheinend machten. Was das Buch betrifft, so erklärte ein Antiquar, es könne nur chinesisch oder japanisch und aus einer ganz und gar modernen Zeit sein, das heißt, wertlos!

Ein Ingenieur, dem Wilson Dills den seltsamen Band zeigte, war der Meinung, es wäre kürzlich von einem hervorragenden Mathematiker geschrieben worden, denn bestimmte Zeichen, die darin dargestellt waren, bezögen sich auf schwierige Probleme, die erst vor sehr kurzer Zeit von wenigen Gelehrten angegangen wurden,

Probleme, die Euklid, Descartes und Le Verrier nicht bekannt gewesen wären.

Damit hätte im Übrigen das fragliche Buch keinerlei Wert ...

Die Besatzung der *Grampus* war indessen in San Francisco geblieben. Die Seeleute meinten, ihren Anteil am Verkaufspreis der Kugel und des Buches zu erhalten und rechneten fest damit, dass der genannte Preis beträchtlich sein würde.

Nach und nach gaben sie ihre Ansprüche auf. Ebenso wurde auch ihr Geld weniger. Sie mussten schließlich wieder anheuern und in See stechen.

Im Laufe eines Treffens, das in einer Bar von Barbary Coast stattfand, dem von den Seeleuten frequentierten Viertel, bevollmächtigten die Matrosen der *Grampus* den Kapitän Wilson Dills, die beiden Gegenstände unter der Voraussetzung zu einem beliebigen Preis zu verkaufen, dass er etwas dafür herausholen könnte.

Wilson Dills, immer mehr genervt, zumal Kapitän Ellis, durch sein Unglück verbittert, nicht aufhörte, ihn zu bedrängen, bot schließlich die violette Kugel und das unbekannte Buch einem Mediziner an, der ihn einige Jahre früher behandelt hatte, Dr. Akinson.

Dieser bot ihm fünfzig Dollar für alles an. Sie wurden akzeptiert. Das machte fünf Dollar für Kapitän Ellis, drei für Wilson Dills und einen Dollar für jeden der zweiundvierzig Seeleute der *Grampus*.

Kapitän Ellis starb erbärmlich am 2. Dezember 1876. Was Wilson Dills und die Seeleute der *Grampus* betrifft, so zerstreuten sie sich auf andere Schiffe, wo sie von dem tragischen Zwischenstopp auf Grampus Island erzählten, und man glaubte ihnen nicht.

Dr. Akinson war ein neugieriger Geist. Zwei Jahre lang versuchte er festzustellen, was die wirkliche Substanz der veilchenblauen Kugel war. Er setzte sie allen bekannten Reagenzien aus: Keines konnte sie angreifen. Er tauchte sie in Schwefelsäure, kein Ergebnis. Er ließ sie bei einem Schwerindustriellen in Pittsburgh von einem Maschinen-hammer mit hundert Tonnen behämmern. Die Kugel widerstand dem furchtbaren Druck.

Die härtesten Stähle wurden daran stumpf. Dem Diamanten gelang es nicht, sie zu zerkratzen.

Des Kampfes müde gab Akinson seine Untersuchungen auf. Oder besser gesagt, er wandte sie dem zweiten Gegenstand zu, dem geheimnisvollen Buch, denn er dachte, wenn es ihm gelänge, die Zeichen zu entziffern, würde er darin vielleicht die Lösung finden, nach der er suchte.

Dr. Akinson besaß ein kleines Vermögen. Er konnte darauf verzichten, Patienten zu behandeln.

Jahrelang arbeitete er, mühte er sich ab. Er suchte in Europa in London, in Berlin, in Paris die hervorragendsten Mathematiker auf, denen er die Zusammenstellung geometrischer Figuren vorlegte, die in dem Buch verzeichnet waren. Er erhielt nur ausweichende Antworten: Ja, die geheimnisvollen Zeichen bezogen sich auf Probleme der transzendenten Geometrie, aber sie kamen zu keinem Schluss. *Keine Aufgabe kam einer Lösung näher ...*

Akinson ließ sich nicht entmutigen. Er konsultierte Kryptografen. Er studierte Tausende von Geheimschriftsystemen. Es beschaffte sich zu hohen Kosten sämtliche Werke, die es zu dem Thema gab.

Nach und nach gab er seine Beschäftigungen auf, und er vernachlässigte seine Freunde. Seine Ressourcen schwanden infolge der enormen Kosten, die er tragen musste und die ihn dazu gezwungen hatten, sein bescheidenes Kapital anzugreifen. Die Jahre vergingen. Immer noch kein Ergebnis. Akinson setzte seine Untersuchungen fort.

Dr. Akinson lebte mit seiner alten Dienerin Maria, der er schon seit Jahren keinen Lohn mehr zahlte, in einer bescheidenen Dreizimmerwohnung im dreizehnten Stock eines Arbeiterhauses; mager, kahlköpfig, gebeugt existierte er nur noch in der Hoffnung, das geheimnisvolle Buch zu entziffern.

Es vergingen dreißig Jahre.

In den letzten Apriltagen des Jahres 1905 gelangte Dr. Akinson, siebenundsiebzig Jahre alt, endlich an sein Ziel.

Als Maria eines Morgens vom Markt zurückkam, glaubte sie, ihr Herr wäre verrückt geworden.

Er weinte, er tanzte, er lachte schallend:

„Maria!", rief er aus. „Ich habe es gefunden. Es ist einfach ..., so einfach! Ach! Wenn du wüsstest! Die wundervollste und großartigste Sache, die es jemals gegeben hat. Das Gesicht der Welt wird sich ändern! Jedermann wird glücklich sein."

„Ich habe die ersten Seiten schon übersetzt. Was für ein Roman!... Und dann erklärt er die Formeln. Ach! Wir sind nur Kinder, Wilde. Das ist überwältigend! Welche Entdeckung! Wir werden glücklich sein."

„Ja?... Inzwischen sind die Kohlköpfe wieder um zwei Cent teurer geworden, und ich frage mich, wie wir zurechtkommen sollen, wenn das mit diesen Dieben von Händlern so weitergeht!", schimpfte die alte Dienerin vor sich hin, und sie ging, um sich in der Küche einzuschließen, ohne auf die erneuten Ausrufe des Greises zu hören.

Während der folgenden Tage und Nächte arbeitete Dr. Akinson verbissen über seinen Tisch aus hellem Holz gebeugt ohne Unterlass und ohne zu schlafen.

„Ich werde den ersten Teil nach Washington schicken!", erklärte er der alten Dienerin am 5. Mai. Das ist ein wunderbarer ..., fantastischer Roman!... Und ich werde dann die Formeln Xiés transkribieren und ausarbeiten! Was für ein Mann! Ein Supermann! Das waren alle Supermänner!"

Und ohne auf das Gemurmel seiner Dienerin zu hören, ging Dr. Akinson hinaus und nahm in einer alten Aktentasche aus abgewetztem Saffianleder die Seiten mit, welche die Übersetzung des ersten Teils des geheimnisvollen Buches enthielten.

Er kam gegen elf Uhr morgens nach Hause zurück.

Nachdem er die Küchentür geöffnet hatte, wich er mit vor Entsetzen runden Augen zurück: Aus dem Herd schoss ein violetter, glühender, unerträglicher Glanz hervor, hundert- und hundertmal stärker und flammender als derjenige der Sonnenstrahlen, und füllte die Küche mit einem gleißenden Lichthof an.

Bestürzt, erschrocken, wie zu einem Standbild aus Stein geworden sah Maria unbeweglich zu.

„Du Unglückliche!", rief Dr. Akinson aus. „Du ..."

„Ja! Ich habe das Buch ins Feuer geworfen, und die Kugel auch! Sie werden verrückt, Herr, und Sie ..."

Ein kurzes und heftiges Krachen ertönte, dem ein hohes Pfeifen folgte, so hoch, wie es an menschliche Ohren zweifellos noch nie gedrungen war, und mit einem entsetzlichen Getöse stürzte das riesige Gebäude ein.

Nach und nach fielen auch die benachbarten Gebäude in sich zusammen.

Mit einem dumpfen Grollen bebte die Erde, als müsste sie auseinanderbrechen.

Und an diesem 5. Mai 1905 wurde San Francisco, die Königin des Pazifiks, zur Hälfte vernichtet ...[3]

Dr. Akinsons Manuskript hatte die Hauptstadt Kaliforniens mit dem letzten Zug verlassen, der an diesem Tag in San Francisco abfahren sollte, nur wenige Minuten vor der schrecklichen Naturkatastrophe.

Es war an Mr. Isambard Fullen adressiert, den berühmten Physologen der Harvard-Universität, der, nachdem er in den Ruhestand getreten war, in der Umgebung von Washington lebte.

---

3 Anspielung auf das historische Erdbeben in San Francisco. (Anm. d. Verf.) Tatsächlich ereignete sich das Erdbeben allerdings am 16. April 1906. (Anm. d. Übers.)

Während einer langen Zeit hatten Dr. Akinson und Mr. Isambard Fullen freundschaftliche Beziehungen unterhalten, umso mehr, da Mr. Fullen, jetzt neunundachtzig Jahre alt, einer der Lehrer Akinsons gewesen war. So kam es, dass der Mediziner ihn als Ersten seine ungewöhnliche Übersetzung lesen lassen wollte.

Das Paket kam wohlbehalten an.

Aber Mr. Fullen war dem Tod schon nah.

Er lag in seinem Bett, als ihm sein Kammerdiener Akinsons Sendung brachte. Mr. Fullen öffnete sie und murmelte:

„Armer Kerl! Er ist in der Katastrophe umgekommen wie so viele andere!... Er hätte besser daran getan, mir das persönlich zu bringen!"...

Und das war alles. Mr. Fullen ließ das Manuskript in seine Bibliothek bringen und dachte nicht mehr daran. Er dachte umso weniger daran, als er wenige Tage später verschied.

Seine Erbinnen, zwei junge Nichten, die heiraten wollten, ließen die Bibliothek des Gelehrten im Ganzen verkaufen.

Dr. Akinsons Manuskript wurde mit einem großen Los alter Papiere einem Trödler in Washington zugeschlagen.

Infolge welcher Geschicke das einigermaßen intakte Manuskript Dr. Akinsons in die Hände eines Bouquinisten der Bowery in New York gelangte, das zu erklären wäre vielleicht möglich, ist aber von keinerlei Interesse.

Jedenfalls haben wir das Manuskript erworben ... Und wir veröffentlichen es in unveränderter Form.

Ob Dr. Akinson das geheimnisvolle Buch getreu übersetzt hat? Traduttore, traittore (Übersetzer, Verräter) behaupten die Italiener.

Es ist sicher so, dass Dr. Akinson, um sich besser verständlich zu machen, die merkwürdigen Geräte und die seltsamen Einzelheiten, von denen sein Manuskript wimmelt, durch ungefähr gleichwertige Ausdrücke übersetzen musste

So bedient er sich zum Beispiel der Wörter Meter, Liter, Kilometer und anderer Wörter, die modernen Maßen entsprechen, um die Maße zu bezeichnen, die von dem verschwundenen Volk verwendet wurden, von dem die Rede ist.

Er verwendet auch Ausdrücke wie zum Beispiel Radium, Röntgenstrahlen, Hertzsche Wellen, Dissoziation der Materie, die erst seit einigen Jahren bekannt sind. Zweifellos bezeichneten die Illianer diese Phänomene anders, von denen sie, so sieht es aus, ihren wirklichen Ursprung geklärt hatten.

Alles scheint tatsächlich zu beweisen, dass es ihnen gelungen war, mithilfe der Elektrizität die Materie nach Belieben zu dissoziieren und die gewaltige Energie freizusetzen, die ihr innewohnt, und dass sie auch die Prinzipien des Lebens entdeckt hatten ...

... Woran hängen die Bestimmungen der Menschheit! Xiés Manuskript bestand aus zwei Teilen: Der eine erzählt seine Geschichte, der andere fasst die außerordentlichen Entdeckungen dieses einmaligen Volkes in Formeln zusammen.

Es ist der erste Teil, den Dr. Akinson übersetzt hat. Wenn er den zweiten übersetzt hätte, wäre die Zivilisation einen Riesenschritt vorangekommen. Entdeckungen, die Tausende von Jahren der Forschung bedurften, wären uns enthüllt, die durchschnittliche Lebensdauer der Menschen wäre beträchtlich verlängert worden, viele Krankheiten, wenn nicht alle, wären verschwunden, Probleme, die uns unlösbar erscheinen, wären erhellt worden.

Aber Dr. Akinson hat nur den ersten Teil des Manuskripts übersetzt.

Bedauern wir nichts. Die Illianer waren uns trotz ihrer Zivilisation, neben der die unsere Barbarei ist, in nichts voraus: Sie kannten den Hass, den Krieg, und sie hatten keine der Leidenschaften unterdrücken können, die uns bewegen.

Und ohne weitere Umstände veröffentlichen wir hier das außerordentliche Manuskript Xiés.

Erster Teil
Der Krieg um das Blut

1. Kapitel

Ich, Xié, Sohn des Kan, des größten der Söhne Illas, hierhin bin ich geraten ..., um die Geschehnisse meines Lebens aufzuzeichnen, damit man, wenn ich vor dem natürlichen Ablauf meiner Existenz sterbe – und der ist fern, denn ich bin kräftig –, die Wahrheit über meine Taten erfährt und damit man auch weiß, dass mein Tod nur der Hinterlist des infamen Rair zugeschrieben werden kann.

Ich weiß, dass ich unausweichlich sterben muss, wenn dieses Schriftstück jetzt gefunden wird. Aber jetzt, das bedeutet wenig. Illa ist mächtig. Sie ist die Königin der Welt, und der niederträchtige Rair ist ihr Führer.

Ich, Xié, ich habe die Feinde besiegt. Ohne mich wäre Illa nur Asche ... Meine Tapferkeit hat alles gerettet. Ja, ich weiß! Rair lässt verbreiten, dass es die Maschinen sind, die uns den Sieg gebracht haben. Aber was sind die Maschinen, wenn sich keine tapferen Herzen finden, um sie zu bedienen und zu lenken!... Ich bin es, Xié, ich bin der wahre Retter von Illa. Und mit welcher Geringschätzung werde ich behandelt! Ich spucke auf diesen erbärmlichen Rair, den ich mit einem Backenstreich zermalmen würde.

Wer wird diese *Memoiren* lesen? Niemand, ohne Zweifel. Ich werde sie tief vergraben, außerhalb jeder Reichweite, und die Erde wird sich einen Spalt breit öffnen müssen, damit sie das Licht wiedersehen. Aber wenn man sie liest, wird man von der Niedertracht Rairs und von meinem Ruhm erfahren!

Illa, die ihrem Ruin entgegengeht, wird dann nicht mehr existieren ...

Illa! Das Juwel der Welt. Diejenigen, die es nicht gekannt haben, wissen nichts von der Süßigkeit des Lebens.

Illa, die ihrem Ruin entgegengeht, wird dann nicht mehr existieren ...

Illa! Das Juwel der Welt. Diejenigen, die es nicht gekannt haben, wissen nichts von der Süßigkeit des Lebens.

Ich schreibe diese Zeilen, indem ich mich geometrischer Zeichen bediene. Sie stellen die universelle Sprache dar. Solange der Mensch auf der Erde denkt, wird er wissen, dass zwei rechte Winkel gleich sind und dass sich zwei parallele Linien nicht treffen können. Wenn dieses Manuskript aufgefunden wird, wird man meine *Memoiren* untersuchen und entziffern, denn der Einfallsreichtum des Menschen ist grenzenlos.

... Illa ist nur eine Stadt. Sie besteht in einer Kuppe, welche die Form eines vollkommenen Kreises beschreibt. Man stelle sich einen Zylinder mit einem Durchmesser von siebenhundert Kilometern[4] und einer Höhe von siebenhundert Metern vor. So ist Illa. Dieser Zylinder ist hohl. Er enthält die Wohnungen und die Monumente der Illianer.

Jede Wohnung ist über einen vertikalen Schacht mit der Außenwelt verbunden. Über diesem Schacht sind Parabolspiegel installiert, die sich mithilfe der von dem Selen gelieferten Kraft automatisch bewegen, sodass sie der sichtbaren Bewegung der Sonne am Himmel folgen und so ihre Wärme- und Lichtstrahlen in das Innere der Wohnungen leiten.

Den oberen Bereich der Stadt bildet eine riesige Terrasse, in deren Mitte sich die Pyramide aus Hartstein[5] erhebt, wo der Oberste Rat tagt. Am Fuße dieser Pyramide befinden sich die Bunker, welche die *Blutmaschinen*, die Schlachthöfe und die Ställe der Affenmenschen enthalten. Weiter unten liegen die Öffnungen der Schächte des *Metalls par excellence*, um welche die Quellen des Appa fließen. Und nicht weit von den Minen die Verliese, wo man langsam hungers stirbt ...

Bis in diese letzten Jahre schien es, dass Illa, die Herrin der Welt, unverletzlich wäre. Die magnetischen Ströme, die von den in der Pyramide aus Hartstein versteckten Masten abgegeben wurden, genügten, um die Stadt zu schützen, denn sie machten all diejenigen wahnsinnig, die sich in einem gewissen Umkreis näherten. Aber den Nourianern ist es gelungen, diese magnetischen Schwingungen zu neutralisieren, und es musste etwas anderes gefunden werden.

Das Leben in Illa ist glücklich, aber eintönig.

Ich, ich liebe nur den Krieg und die Schlachten.

In Illa ist alles ruhig. Die Illianer müssen keine Anstrengung unternehmen. Die Mischung aus Glas und Metall, aus der die Fußböden der Häuser bestehen, erzeugt magnetische Strahlungen, deren Kraft so berechnet ist, dass sie siebenundneunzig Hundertstel der

---

4 Wir wiederholen noch einmal, dass Dr. Akinson glaubte, die von Xié verwendeten Begriffe durch moderne Maße ersetzen zu müssen. (Anm.d.Verf.)

5 Xié erklärt nicht, was er mit dem Begriff Hartstein meint. Tatsächlich konnte er nicht voraussehen, dass die Entdeckungen der Illianer verschollen sein würden. (Anm.d.Verf.)

Wirkung der Schwerkraft ausgleicht. Somit wiegt ein hundert Kilo schwerer Mann nurmehr drei. Er kann sich also mit einer minimalen Anstrengung bewegen und fühlt sich von der Luft so getragen wie ein Schwimmer vom Wasser, sodass seine Schritte den Boden nur leicht berühren.

Die Lichtakkumulatoren lassen in den hundertundein Stockwerken, aus denen die Häuser von Illa bestehen, eine konstante Helligkeit herrschen.

In regelmäßigen Abständen strahlen die Blutmaschinen osmotische Ströme aus, welche die Nahrung in die Gewebe der Illianer eindringen lässt, die für die Erhaltung und für die Vermehrung der Zellen benötigt wird, und das, ohne dass dies ihnen bewusst würde.

Die Friedhöfe wurden schon vor zwei Jahrhunderten abgeschafft. Die elektrischen Ströme zersetzen die Leichname und lösen sie auf, und die Zersetzung dieses menschlichen Stoffes setzt eine ungeheure Energie frei, welche dazu dient, die magnetischen Ströme zu erzeugen, die Illa schützen.

Und Rair herrscht, ein Gehirn, eine Rechenmaschine, kein Herz und keine Nerven.

Er ist es, der die Blutmaschinen ersonnen hat, das Meisterwerk der Schöpfung, versichert er. Er lebt allein im Maschinenraum, in der Krypta, die unter der Spitze der Pyramide liegt. Und der Oberste Rat gehorcht ihm.

Sein Enkelsohn, Toupahou, der Verlobte meiner Tochter Silmée, ist ein junger Mann wie ich, der die Schlachten und die Kämpfe liebt, der die Gleichungsmacher verachtet. Sein Großvater weiß es und liebt ihn kaum ... Er ist zu allem fähig, Rair, und sein Diener, Limm, ist schlimmer als er.

... Arme Silmée!... Aber bringt einmal junge Leute zur Einsicht!... Schließlich habe auch ich meine Zeit gehabt!...

Heute Morgen hat eine Sitzung des Großen Obersten Rates im Bronzesaal in der Spitze der Pyramide stattgefunden. Man hatte mich dazu geladen.

Als ich ankam, war Rair in Begleitung von Ilg, dem Elektriker, Hielug, dem Chemiker, Grosé, dem Kommandeur der Miliz, und Fangar, dem Luftkämpfer, schon da. Und natürlich auch der infame Limm.

Limm! Ein großer dunkelhaariger Kerl, tapfer, ja. Und auch faul. Bereit zu allem unter der Voraussetzung, dass es einen Gewinn abwirft. Rairs rechte Hand.

Er sah mich lachend an, denke ich. Aber zweifellos verstand er, dass Rair ihn beobachtete und dass ich meinerseits keinen Affront ertragen würde. Er begrüßte mich förmlich. Und mit seiner liebenswürdigen und schmeichlerischen Stimme forderte er mich auf, auf dem Sitz der geladenen Gäste Platz zu nehmen.

Denn ich, Xié, der Befehlshaber der Armee von Illa, ich werde zum Großen Rat nur zugelassen, wenn man mich dazu einlädt. Diese Gelehrten verachten mich. Ich zahle es ihnen schön mit gleicher Münze zurück.

Rair war wie immer in seine Gedanken versunken. Kaum nur zeigte er mir durch ein leichtes Heben der Augenbrauen, dass er mein Kommen bemerkt hatte.

Hielug, Ilg und Grosé plauderten leise miteinander. Mechaniker, wie sie im Buche stehen, und gleichzeitig verbitterte, ehrgeizige Menschen, diese drei Persönlichkeiten. Hielug, ein großer, kahlköpfiger Mann, der sich immer noch mit widerwärtiger Nahrung vollstopft. Man behauptet, dass er in die Minen hinabsteigt, wo die Affenmenschen arbeiten, um in ihrer Gesellschaft Fleisch und Pflanzen wie ein Tier zu sich zu nehmen. Rair verachtet ihn, bedient sich aber seiner.

Ilg, der Elektriker ist hager und knochig. Er ist geschmeidig und schmeichlerisch. Ein fähiger Techniker. Ich gebe zu, dass seine Strahlenbomben, die in einem Umkreis von hundert Metern und mehr jedes Leben auslöschen, im Laufe des letzten Krieges große Dienste geleistet haben. Aber das hindert Ilg nicht daran, ein Feigling und ein Lügner zu sein.

Grosé ist besser als er ... Wir sind fast Freunde. Aber er ist ein Ehrgeizling. Ich frage mich, ob man ihm trauen kann. Es ist ihm gelungen, zum Rat zugelassen zu werden, ich dagegen, ich werde nicht zugelassen. Noch eine Taktik Rairs, um uns zu entzweien.

Er ahnt nicht, Rair, dass ich ihn durchschaue. Fangar, der Kommandeur der Luftkämpfer, ist ein alter Freund. Wir haben uns schätzen gelernt. Und er ist es, den ich mir als Schwiegersohn wünschen würde, wenn nicht Silmée ihre Wahl getroffen hätte ... Wenn ich daran denke, dass mein Enkelsohn dann auch der Rairs ist und vielleicht zu einem dieser vertrockneten Gelehrten wird!...

Ich war so in meine Überlegungen versunken, als sich die Bronzetür öffnete und die Alten des Großen Rates eintreten ließ. Alte Knacker, die am Ende ihres Lebens angekommen waren. Einer von ihnen, Gadohr, ist zweihundertsiebzehn Jahre alt!

Natürlich handeln sie, denken sie noch. Sie urteilen kraft der Gewohnheit. Aber Rair lenkt sie und legt ihnen die Beschlüsse nahe, die er von ihnen erwartet. Ich konnte dies einmal mehr feststellen. Sie sind schweigend hereingekommen. Dank der Ausdünstungen, welche die Wirkungen der Schwerkraft neutralisieren, kamen sie mühelos voran. Aber ihre faltigen Gesichter, ihre erloschenen Augen, ihre hängenden Backen sagten genug über ihren Verfall aus.

„Hier, das ist der Grund für diese Sitzung“, begann Rair ohne Vorrede. „Der Krieg ist unvermeidlich. Ja. Die Nourianer bedrohen uns nicht. Aber wir benötigen sie. Doch sie werden uns nie den Dienst leisten, den wir von ihnen erwarten.“

„Einen unerlässlichen Dienst. Die Blutmaschinen, welche die psychophysiologischen Ausströmungen erzeugen, die es unserem Volk erlauben, sich zu nähren und ein durchschnittliches Alter von hundertsiebenundsechzig Jahren zu erreichen − Statistik der letzten einundzwanzig Jahre − stellen mich nicht zufrieden.“

„Ich habe überlegt, gerechnet, nachgedacht. Aus meinen Berechnungen ergibt es sich, dass unsere Organe zweimal länger bestehen können. Man muss sie nur weniger Anstrengungen aussetzen. Um die Ausdünstungen der Blutmaschinen aufzunehmen, ist unser Körper zu einer intensiven Arbeit gezwungen. Eine natürliche Folge davon, dass diese Ausströmungen mithilfe des Blutes von Schweinen und von Affen erzeugt werden.“

„Um diese Anstrengung zu mildern, um beinahe Vollkommenheit zu erreichen, muss Blut verwendet werden, das dem ähnelt, wie es in unseren Adern fließt. *Menschenblut.* Der Rest versteht sich von selbst. Ich habe gerechnet und festgestellt, was die genaue Veränderung wäre, die nach meinen neuen Formeln notwendig ist. Die Vibrationen der Maschinen müssen herabgesetzt werden. Ich kenne die genaue Zahl.“

„Siebentausend Affen und viertausend Schweine waren jährlich notwendig. Um sie zu ersetzen, werden jetzt achttausendvierhundert erwachsene Menschen benötigt.“

„Wir können sie nicht von unserem Volk verlangen. Bleiben die Nourianer. Sie müssen uns eine solche Anzahl von gut entwickelten Männern liefern, die von unseren Physiologen ausgewählt werden und deren Kraft im Übrigen ebenso wie die genaue Zahl der Blutkörperchen ihres Blutes zu messen ist.“

„Dadurch wird die Lebensdauer in Illa dann im Durchschnitt dreihundertfünfzig Jahre betragen.“

„Nachdem dies dargelegt ist, kann uns gerade auch im Interesse der Zivilisation nichts daran hindern zu handeln. Den Leuten von Nour ein Ultimatum zu stellen wäre dumm. Sie würden Erklärungen verlangen und den Krieg beschließen, nachdem sie sich ausreichend vorbereitet hätten. Man muss sie überraschen. So viele Gefangene wie möglich machen. Ihre Verwendung wird sich dann schon finden.“

„... Hat der Rat zu diesem Beschluss eine Anmerkung zu machen?"

Nur ein allgemeines Kopfschütteln antwortete auf diese Frage. Der Rat stimmte zu. Er stimmte immer zu.

Rair warf mir einen scharfen Blick zu.

„Ihr habt gehört, Xié!", sagte er mit seiner trockenen Stimme. „Erklärungen wären nutzlos. Wir befinden uns ab sofort im Kriegszustand mit Nour. Es müssen sämtliche Mittel eingesetzt werden, um zu siegen. Ihr habt alle Vollmachten, *und denkt daran, der unbarmherzigste Krieg ist der süßeste, denn er ist der kürzeste.*"

Alle Augen hatten sich auf mich gerichtet.

„Ich stehe meinem Vaterland zur Verfügung!", antwortete ich, während ich innerlich vor Entsetzen schauderte.

„Unser Sieg ist gewiss", fuhr Rair mit seiner brüchigen Stimme fort. „Unsere Soldaten und unsere Luftkämpfer werden den *Nullstein* einsetzen, der, wenn er einer bestimmten Temperatur ausgesetzt wird, die in der Materie enthaltene Energie freisetzt und Explosionen hervorruft, die alles Leben in einem gegebenen Umkreis auslöschen. Wir haben uns dieser Erfindung von mir noch nicht bedient. Aus heute überholten Gründen! Aus Gefühlsduselei! Wenn die Leute von Nour gesehen haben, wie einige tausend von ihnen so zu Staub geworden sind, werden sie auf die Stimme der Vernunft hören. Sie werden sich daran erinnern, dass sie alle sterblich sind, und indem sie uns eine bestimmte Anzahl von sich ausliefern, machen sie nichts anderes, als deren Tod vorzuziehen und das Leben des Rests ihrer Bevölkerung zu verlängern. So ist das. Aber diesen so einfachen und so klaren Gedankengang werden sie erst nach der vorherigen Vernichtung einer ihrer Armeen verstehen."

„Wir können daran nichts ändern."

„... Wenden wir uns dem zweiten zu fassenden Beschluss zu. Die Beratungen des Großen Rates lassen mich Zeit verlieren. Meine Zeit ist kostbar. Jeder hier weiß es. Vermeiden wir diese Vergeudung. Ich habe zu diesem Zweck beschlossen, dass ich in Zukunft meine Entscheidungen zu gegebener Zeit den Mitgliedern des Rates mitteilen werden. Jedermann wird dadurch gewinnen. Ich ..."

Rair kam nicht weiter voran. Einer der Alten, Foug, hatte sich aus seinem Sessel erhoben.

„Das ist dann die Diktatur!", rief er aus. „Das können wir nicht akzeptieren."

„Das ist die Herrschaft der Vernunft, und das Unglück treffe diejenigen, die es nicht verstehen!", antwortete Rair und sah den fest an, der ihn unterbrochen hatte.

„Ich. Ich verstehe es nicht!", erklärte Foug unmissverständlich. „Die Vernunft sagt uns, dass das Gehirn des Menschen zu Irrtümern neigt und dass eine einzige Person nicht den Anspruch auf Unfehlbarkeit erheben kann."

„Von Eurem immensen Wissen, Rair, wurden Euch neunhundertneunundneunzig Tausendstel übermittelt. Es ist das Wissen, das von unseren Vorfahren angehäuft wurde. Ihr seid nicht der einzige Verwahrer! Wenn Ihr etwas hinzugefügt habt, und das ist wahr und wir bestreiten es nicht, so seid Ihr nur dem Beispiel zahlloser Vorgänger gefolgt. Unsere Pflicht, an uns ist es, Euch zu helfen und Euch zu kontrollieren, wie Ihr selbst wiederum uns kontrolliert. So lautet das Gesetz von Illa!"

Mit zustimmendem Gemurmel wurden diese vernünftigen – aber leichtsinnigen – Worte aufgenommen. Der infame Limm warf den Protestierenden, zu denen auch ich zählte, einen unheilvollen Blick zu.

Rair blieb unbewegt. Aber ich glaubte zu sehen, dass sich ein Winkel seiner dünnen Lippen zum Zeichen der Verachtung hob. Ich erkannte es wieder, dieses kaum wahrnehmbare Grinsen. Rair hatte es mir an dem Tag gezeigt, als er die Delegierten des Volkes niederschmetterte, welche die Bewegung der Sonnenspiegel anhalten wollten, um ein wenig Dunkelheit zu genießen.

Ein plötzlicher Zorn packte mich:

„Foug hat recht!", schrie ich.

Meine Stimme hallte laut in der Stille wider, die eingetreten war.

Rairs Grinsen verstärkte sich.

„Die Soldaten sind zum Kämpfen gemacht, nicht zum Diskutieren, Xié!", zischte er. „Und außerdem hat Euch niemand um Eure Meinung gefragt."

„Der zweite Beschluss ist nicht gefasst. Er wird neu vorgelegt. Zwischen Illa und Nour herrscht Kriegszustand."

„Die Sitzung ist geschlossen."

Mit diesen Worten erhob sich Rair und verschwand durch die kleine Tür, die den Saal des Großen Rates mit seinem Labor verband. Limm folgte ihm.

Hielug und Ilg gingen zusammen als Erste hinaus. Dann verließen die Alten des Rates den Saal. Ich konnte feststellen, dass Foug ein wenig abseits geblieben war, dass seine Kollegen nicht mit ihm einverstanden waren, da sie den Hass Rairs fürchteten. Feiglinge, diese elenden alten Knacker! Ah! Rair kannte sie. Er hatte nicht geruht zu insistieren.

Ich hörte, wie einer von ihnen murmelte:

„... und wenn es wahr ist, dass die neuen Blutmaschinen unser Leben um ein Jahrhundert verlängern können, kann man Rair nur zustimmen! Wir sind noch jung, und wir können ...“

Jung, diese alten Ruinen! Was für ein Elend!

Ich selbst ging hinter Grosé und Fangar hinaus: Grosé, ich sah es sehr wohl, lag nichts daran, dass ich mit ihm spräche. Fangar, weniger feige, näherte sich mir und erklärte mir, dass er mir für die Kriegshandlungen zur Verfügung stände.

„Ich sehe Euch in einer Stunde!“, antwortete ich und verließ ihn.

Tatsächlich hatte ich es eilig, bei mir zu sein. Man könnte sagen, dass ich eine Vorahnung von den unglücklichen Dingen hatte, die mich erwarteten!

2. Kapitel

Vier Affenmenschen bewachten den Saal des Großen Rates. Ich konnte feststellen, dass sie hektischer als gewöhnlich zu sein schienen und dass die Giftgasgranaten, mit denen sie bewaffnet waren, in ihren stark behaarten Händen zitterten. Sie grüßten mich. Ich ging etwas unruhig vorbei.

Ich konnte diesen Einsatz der Affenmenschen nie billigen. Das sind rohe Biester, Abkömmlinge von Negern, und unsere Gelehrten hatten Erfolg damit, sie sich auf den primitiven Typ zurückbilden zu lassen. Durch eine geeignete Ernährung, durch weise dosierte Übungen ist es uns gelungen, das Gehirn dieser Anthropoiden verkümmern zu lassen und die Kraft und die Ausdauer ihrer Muskeln zu verzehnfachen. Ein Affenmensch kann siebenhundert Kilo heben und fünf Tage lang an den härtesten Aufgaben arbeiten, ohne an die Grenze seiner Kraft zu gelangen.

Dass man die Affenmenschen in den Minen des Metalls par excellence einsetzt, nichts richtiger als das. Ihre Kraft, ihre Ausdauer, ihre Folgsamkeit und ihre Dummheit sind dort nützlich. Aber dass Rair mit seiner wilden Schlauheit daran gedacht hat, sie als seine Leibwache einzusetzen, das ist es, was mich rasend macht. Diese Affenmenschen wurden von Limm wie Hunde sorgfältig abgerichtet. Sie sind stumm und kennen nur Limm und Rair, die allein es verstehen, sich ihnen verständlich zu machen. Wenn Rair es wollte, wären sämtliche Bürger von Illa in einigen Minuten ausgelöscht von den tödlichen Granaten, mit denen diese Biester ausgerüstet sind. So weit ist es mit uns gekommen. Und niemand wagt es, zu protestieren!

Ich bin vorbeigegangen. Ich bin den Gängen mit Leuchtwänden gefolgt und habe die Pyramide durch den Schacht Nr. 3 verlassen.

In dem Gang, der zu der Außentür führt, wachten mehr als zwanzig Affenmenschen. Ich habe mich nicht damit aufgehalten herauszufinden, was sie dort machten. Ich habe verstanden, dass Rair zu allem bereit war. Ich misstraute ihm.

Einmal auf dem Vorfeld, das die Pyramide umgibt, habe ich mich zur Reihe vierzehn im dreihundertvierzigsten Radius begeben.

Dort befindet sich meine Wohnung. Die Häuser von Illa bestehen alle aus hundertundeinem Stockwerken, und sie sind ungefähr tausend Meter lang. Jedes von ihnen bildet den Radius eines Kreises, dessen Mittelpunkt die Pyramide einnimmt. Sie sind mit Terrassen überbaut. Diese Terrassen sind von Schächten durchlöchert, welche die Spiegel überragen, mit denen die Wärme und das Licht verteilt werden. Um diese Schächte herum befinden sich die Aufzüge, welche die verschiedenen Stockwerke andienen.

In einigen Minuten habe ich den Aufzug erreicht, der zu meinem Heim führt... ...

Als ich vor dem Balkon stehen blieb, auf den die Eingangstür meiner Wohnung hinausgeht, sah ich, dass diese Tür halb geöffnet war. Silmée schließt sich jedoch seit dem Tod ihrer armen Mutter immer ein, wenn sie allein ist. Weshalb hatte sie diese Tür offen gelassen?

Ich fühlte mich von einer schrecklichen Unruhe ergriffen.

Silmée ist die Verlobte des einzigen Enkels von Rair. Aber zählt das für dieses Gehirn? Ich frage mich sogar, ob er nicht dessen Leben für die Verwirklichung seiner Pläne opfern würde.

„Silmée!", rief ich. „Silmée!"

„Sie ist hier, Seigneur Xié!", ertönte eine Stimme, die ich erkannte, Toupahous Stimme.

Ich stürzte in das Gesellschaftszimmer.

Silmée, meine arme Silmée, blass, blutleer, lag ausgestreckt auf einem Diwan. Ein roter Verband umschloss ihre zierliche Brust.

„Silmée!", schrie ich. „Meine kleine Silmée!"

„Sie wurde, denke ich, von einem Affenmenschen erdolcht!", murmelte Toupahou, während er mir entgegenstürzte. „Ich bin wie immer gegangen, um sie von der Hochschule für weibliche Studien abzuholen. Ich sah sie mit ihren Gefährtinnen herauskommen."

„Von hinter einem der Masten, welche die Parabolspiegel tragen, hat sich ein Individuum – es war sicher ein Affenmensch, aber er war maskiert – auf sie gestürzt. Ich habe einen Schrei gehört. Ich habe Silmée fallen gesehen. Und der Mörder ist geflohen. Ohne daran zu denken, ihn zu verfolgen, bin ich auf meine Verlobe zu gestürzt. Sie hatte einen Dolch in der Brust stecken.“

„Und der Mörder, den niemand erkennen konnte, ist verschwunden, indem er sich die Kabel eines der Schächte hinabgleiten ließ.“

„Ich selbst habe Silmée hergebracht. Drei Ärzte sind gekommen. Die Verletzung ist schwer – aber Silmée wird wieder gesund. Ihr Herz wurde genäht.“

Ich antwortete nicht. Meine arme Silmée! Sie ruhte. Ich wußte, wenn ich sie weckte, riskierte ich damit, ihren Tod zu verursachen. Ich hielt mich zurück.

Lange betrachtete ich meine Tochter. Ich konnte mir denken, woher der Schlag kam. Aber trotz alledem wagte ich es nicht, Toupahou zu sagen, dass ich seinen Großvater für einen schändlichen Mörder hielt.

Zwei Minuten vergingen in Schweigen. An den stärkeren Schlägen meiner Arterien und an dem leichten Blutandrang, der mich bedrückte, merkte ich, dass es Zeit für die Mahlzeit war. Die Nährdünste, die von den Blutmaschinen erzeugt wurden, drangen über die Poren meiner Haut ein und belebten mich neu. Man musste ruhig bleiben, wenn man keinen Blutandrang riskieren wollte.

„Wenn Ihr mir bitte eine Unterredung gewähren würdet, Seigneur Xié“, sagte Toupahou schließlich, „würde ich mir erlauben, Ihnen Dinge von größter Wichtigkeit darzulegen – und die für den Augenblick nur Euch und mir bekannt sein dürfen!“

Ich sah Toupahou an. Was für ein anständiger Junge. Die Loyalität und die Offenheit ließen sich an seinen schwarzen Augen, auf seiner Stirn von zwanzig Jahren ablesen. Alles in seiner Person verriet Aufrichtigkeit und Tapferkeit.

Während der Dauer eines Blitzes kam mir Gedanke, dass Toupahou den Anordnungen seines Großvaters nachgeben und mir mitteilen wollte, dass er auf Silmée verzichtete. Ich wäre darüber schließlich erfreut gewesen, aber ich wußte, dass der Kummer meine Tochter umgebracht hätte.

Mit beengtem Herzen warf ich Silmée einen letzten Blick zu und gab Toupahou ein Zeichen, mir in mein Arbeitszimmer zu folgen.

„Niemand kann uns hören?“, fragte er mit leiser Stimme. „Mein Großvater hat in der Krypta der Pyramide Mikrofone installieren lassen, die auf die langsamsten und die kürzesten Schwingungen ansprechen und die in der Lage sind, die menschlichen Stimmen von allen Geräuschen zu unterscheiden ..."

„Das weiß ich!", antwortete ich.

Tatsächlich hatte mich Fangar, der Luftkämpfer, auf dieses Detail hingewiesen, und ich hatte vor einigen Tagen von einem Elektriker meines Generalstabs Geräte installieren lassen, da dazu bestimmt sind, die Schallwellen aufzuhalten, die in meinem Arbeitszimmer erzeugt werden.

„Sprecht ohne Furcht!", erwiderte ich.

Toupahou neigte sich mir zu, bis seine Lippen fast mein Ohr berührten.

„Wenn Rair von den Worten wüsste, die ich jetzt aussprechen will", sagte er mir mit einer Stimme, die ich kaum hörte, „wäre mein Tod unvermeidlich. Un-ver-meid-lich!", wiederholte er und sah mir tief in die Augen.

„Ihr könnt sprechen!", sagte ich.

„Ich vertraue Silmées Vater! Nun gut! Heute Morgen hat mir Rair erklärt, dass Ihr sein größter Todfeind wärt, dass er wüsste, dass Ihr ihn verabscheut und dass Ihr das einzige Hindernis zwischen ihm und der höchsten Macht wärt."

„Ich werde einen letzten Versuch wagen', hat er mir erklärt. ,Ich werde meine Absichten verkünden, meine Beschlüsse nicht mehr zur Diskussion zuzulassen. So werde ich ohne jeden möglichen Irrtum erfahren, was Xié denkt. Wenn er mein Feind ist, werde ich ihn vernichten.'"

„Ihr wart vorhin beim Obersten Rat?"

„Ich komme von dort!"

„Rair hat Euch seine Absichten dargelegt."

„Ja und nein. Aber er weiß, was er davon zu halten hat, was ich denke. Ich habe es ihm nicht verborgen. Aber schon hat er meine Tochter ermorden lassen!"

„Silmée wird nicht sterben, Seigneur Xié!"

„Dieses Mal vielleicht nicht. *Aber sie wird gewiss sterben, wenn sie in Illa bleibt!*", antwortete ich. Toupahou verstand, dass ich die Wahrheit sagte. Er kannte Rair ebenso gut wie ich.

„Man muss aus Illa fliehen!", murmelte er gequält.

„Und wohin?"

„Nach Nour!"

Nour! Ja, unser einziger Zufluchtsort war in Nour. Nour, dessen Reich sich über das Fünfzigfache dessen von Illa erstreckte, hatte seine Grenzen mindestens sechs Flugstunden von unserer Heimat entfernt.

Aber Toupahou kannte die Wahrheit noch nicht. Ich teilte sie ihm mit:

„Nach einem Beschluss des Obersten Großen Rates muss ich ohne Verzögerung alles vorbereiten, um Nour anzugreifen!", erwiderte ich.

„Nour angreifen! Aber König Houno ist ein Freund von Rair. Er hat ihm vor nicht einmal acht Tagen mehrere hundert Kilo von Erz mit Metall par excellence geschickt, um die Unzulänglichkeit des Abbaus bei uns auszugleichen …, wegen der Epidemie, die das Personal unserer Minen befallen hat. Wir …"

„Ich weiß. Aber wir müssen die Nourianer angreifen und so viele wie möglich vernichten. So lautet der Beschluss Rairs und des Großen Rates. Nach Nour zu fliehen, heißt, zu desertieren und uns vielleicht von den Nourianer massakrieren zu lassen, *wenn sie uns nicht als Geiseln behalten und uns Rair nicht ausliefern."*

Toupahou schauderte: Er kannte den Charakter seines Großvaters und wußte, dass seine Rache furchtbar sein würde.

Ein leiser Klagelaut ließ uns erblassen. Silmée rief. Wir stürzten in das Wohnzimmer. Die Verletzte lag immer noch ausgestreckt auf dem Diwan. Sie schien zu schlafen.

Wir warteten schweigend. Silmée rührte sich nicht, gab keinen Ton von sich.

Wir begaben uns wieder in mein Arbeitszimmer.

Wir sahen uns an.

„Wir sind also Rairs Grausamkeit ausgeliefert!", machte Toupahou, aus dessen Augen Blitze schossen. „Weil wir nicht nach Nour fliehen können, bleibt uns nur zu sterben. Denn mich unterwerfen, niemals! Rair will nicht, dass ich Silmée heirate, und ohne sie ist mein Leben unmöglich!"

„Es gibt noch ein Mittel: *uns Rairs zu bemächtigen!"*, sagte ich mit meinen Augen fest auf die Toupahous gerichtet. „Was mich betrifft, so bin ich dazu entschlossen. Der alte Foug wird mit uns sein. Fangar, der Kommandeur der Luftkämpfer, wird uns seine Hilfe nicht verweigern, dessen bin ich sicher."

„Hört zu, Toupahou. Der Geist des Bösen ist in Eurem Großvater! Rair hat sich vorgestellt, die Maschinen mit Menschenblut zu füttern, um das Blut der Tiere zu ersetzen, mit denen sie gegenwärtig laufen. Um sich dieses Menschenblut zu beschaffen, rechnet er damit, die Nourianer zu besiegen und sie zu zwingen, ihm jedes Jahr Tausende von Opfern auszuliefern …"

„Ich sage es Euch, ich, dass wir dieses Mal vielleicht die Sieger sein werden, *aber wir werden es nicht immer sein.* Und was wird dann geschehen? Der Oberste Rat besteht aus Greisen, die das Leben lieben. Die Greise hängen mehr an ihrer Existenz als die jungen Leute: Man schätzt vor allem das, was man zu verlieren fürchtet! Sie werden leben, ihre Existenz verlängern wollen. Sobald die Maschinen mit Menschenblut betrieben werden, geben sie Strahlungen ab, die laut Rair die Existenz im mindestens ein Jahrhundert im Durchschnitt verlängern. Sie werden immer weiterlaufen müssen. *Wenn es keine Gefangenen mehr gibt, um sie mit ihrem Blut zu füttern, wird man Menschen aus Illa nehmen!...* Dann hat das Verbrechen bei uns Eingang gefunden! Jeder wird lange leben wollen, jeder wird davor zittern, als Nahrung für die Blutmaschinen zu dienen! Und Illa endet im Verbrechen und im Mord!"

„… Um das zu verhindern, müssen wir uns Rairs bemächtigen, ihn sein verdammtes Geheimnis preisgeben lassen und ihn vernichten!"

Ich hatte diese paar Sätze in einem Atemzug ausgesprochen.

Toupahou antwortete nicht. Er hatte alles verstanden, selbst das, was ich nicht gesagt hatte. Er spürte, dass nicht nur Rairs Geheimnis vernichtet werden, sondern dass Rair selbst unschädlich gemacht werden musste Und die einzige Möglichkeit, ein Wesen wie Rair unschädlich zu machen, war der Tod. *Und das war sein Großvater!* Der Vater seiner Mutter!

Es geschieht oft, dass wir uns keine genaue Rechenschaft über bestimmte Ereignisse mit ihren Folgen bewusst werden, dass wir sie nicht realisieren.

Ich selbst hatte während der Sitzung des Obersten Rates nicht die schrecklichen Auswirkungen der neuen Erfindung Rairs in Betracht gezogen. Für den Augenblick hatte ich vor allem an meine Verantwortlichkeiten als Armeechef gedacht, und Rairs Vorschlag, der darauf abzielte, ihn allein Herr über die Schicksale von Illa sein zu lassen, hatte mich dann empört und mich daran gehindert, über die Folgen seiner schrecklichen Entdeckung nachzudenken. Erst, als ich mit Toupahou sprach, waren mir die unvermeidlichen Folgen von Rairs Erfindung allmählich bewusst geworden.

„Ich bin bei Euch!", machte Toupahou und sah mir gerade ins Gesicht. „Für den Anfang könnte man die Blutmaschinen zerstören ..."

„Und wie sollen wir dann leben? Seit mehreren Generationen ist unser Magen verkümmert. *Wir können uns nur von den Strahlungen der Maschinen ernähren."*

„Ja, ich weiß, man behauptet, dass Hielug oft in die Minen hinabsteigt, um sich die grobe Nahrung der Affenmenschen geben zu lassen. Aber Hielug ist eine Ausnahme! Und wir würden im Falle eines

Erfolgs nur erreichen, dass sich das gesamte Volk von Illa gegen uns stellt, und wir wären nicht nur verloren, sondern auch Rairs Macht wäre nur noch größer."

„Geduld ist nötig. Zeit! Rair müsste den Illianern nur verkünden, dass er ihr Leben verlängert, damit er alle Vollmachten von ihnen erhält. Der Oberste Rat wäre hinweggefegt! Wenn er es noch nicht getan hat, dann deswegen, weil er es vermeiden will, die Leute von Nour zu alarmieren, die sofort verstehen würden, für welches Schicksal sie die neue Erfindung bestimmt. Aber sobald der Krieg einmal entfesselt ist, wird Rair es nicht versäumen, sich zu erklären. Das ist der Grund, weshalb er nicht geruht hat, darauf zu bestehen, die diktatorischen Vollmachten zu erhalten, die er von dem Rat verlangt hat! *Er weiß, dass er sie bekommt, wenn er es will!"*

„Was können wir dann tun?", fragte Toupahou zitternd.

„Uns Rairs bemächtigen!"

„Wir werden ihn in unsere Gewalt bringen, oder ich finde den Tod!", rief der junge Mann. „Ich bin zu allem bereit!"

„Sachte! Die kleinste Unvorsichtigkeit, und wir sind verloren. Durch seine Spione muss Rair wissen, dass Ihr hergekommen seid, Toupahou, dass Ihr es seid, der Silmée zu mir gebracht hat! Limm und seine Polizei sind überall, und Rairs schrecklicher Geist hat die außergewöhnlichsten Gerätschaften erdacht, um zu beobachten, zu überwachen, aufzuzeichnen, zu überraschen. Wir kennen einige von ihnen, aber wir kennen nicht alle!"

„Aber wir werden siegen! Unser wichtigster Trumpf, das seid Ihr selbst, Toupahou, obwohl Euch Rair misstraut. Wir müssen die Affenmenschen seiner Garde überraschen und die Türen der Pyramide aufbrechen, Türen, die, wie wir wissen, tausend tödliche Gefahren in sich bergen. Wir werden siegen!"

„Ich bin in diesem Augenblick in Todesgefahr. Rair will meinen Untergang. Zweifellos wartet er ab, bis die ersten Operationen des Kriegs gegen die Nourianer begonnen haben. Das ist meine einzige Hoffnung. Im Übrigen fürchte ich den Tod nicht!"

„… Jetzt solltet Ihr Euch zurückziehen. Ihr könnt bei Tag wiederkommen. Rair wird es für natürlich halten, wenn Ihr kommt, um Neuigkeiten über Silmée zu erfahren. *Aber sprecht mit niemandem!* Rair lässt Euch gewiss durch Limm beobachten (der wird der erste sein, den ich seine Rechnung begleichen lasse!). Bis bald!"

Armer Toupahou! Er sah mich an. Ich verstand ihn: Der Gedanke, sich von Silmée zu trennen, brach ihm das Herz. Er musste es.

„Geht, Toupahou!", sagte ich.

Wir begaben uns in den Salon.

Silmée ruhte weiterhin unter dem Einfluss des von den Ärzten verabreichten Anästhetikums, die sie operiert hatten.

Toupahou nahm ihre kleine weiße Hand und drückte sie zärtlich gegen seine Lippen.

„Bis bald!", wiederholte er, bevor er hinausging.

Ach, ich hatte ebenso Angst wie er. Der Kummer, den mir der Zustand meines armen Kindes bereitete, kämpfte in meinem Herzen mit meiner Wut und meinem Hass auf den infamen Rair.

Aber mein Entschluss war gefasst: bis zum Ende zu gehen. Einer von uns beiden, Rair oder ich, musste den Tod finden.

Wenn ich doch gewusst hätte, was ich später erfahren musste! Schreckliche Katastrophen wären vermieden worden!

3. Kapitel

Wie jedermann habe ich zahlreiche Fehler. Aber ich schulde mir diese Anerkennung, dass ich geduldig, hartnäckig und energisch bin. Meine Feinde geben das zu.

Eine kurze Überlegung überzeugte mich davon, dass ich vor allem dafür sorgen musste, dass Rair nichts von meinen Plänen erfuhr, wenn ich Erfolg haben wollte. Dazu musste ich so handeln, als ob diese Pläne nicht existierten.

Nachdem ich einen Arzt kommen gelassen hatte, der mir versicherte, dass für Silmée keine unmittelbare Gefahr bestand, und nachdem ich mein armes Kind in die Obhut von zwei Krankenpflegerinnen gegeben hatte, ging ich wieder weg und begab mich in die Galerien, welche die Arsenale umfassen.

Sie lagen …, sie liegen noch immer, wenn auch nur noch für so kurze Zeit …, ja, sie lagen im einundzwanzigsten Stockwerk unter der Erdoberfläche, genau unter dem Bett des Flusses Appa, der selbst unter der Stadt verläuft. So waren unsere Arsenale nicht nur durch Schichten aus nichtleitenden Metallen und inerten Materialien geschützt, die von Röntgenstrahlen und allgemein von allen Strahlungen welcher Art auch immer nicht durchdrungen werden können, sondern auch durch eine mehrere Meter dicke Wasserschicht.

Rair hätte die Blutmaschinen in einer so großen Tiefe aufstellen gewollt, aber Experimente haben bewiesen, dass die von diesen Maschinen abgegebenen Strahlungen einen schlechten Einfluss auf bestimmte Hypnosegaspumpen haben konnten. Andererseits hätten die Schweine und die Affen, die dazu dienen, die Maschinen zu versorgen, in der Nachbarschaft der Munition nicht leben können, die trotz aller Vorsichtsmaßnahmen gefährliche Gase abgeben, und das in dem Maße, dass man Spezialmasken tragen muss, um die Krypten zu betreten, die sie enthalten. Und es gab auch die Frage der Affenmenschen, die in den Minen arbeiteten und von denen einige, die „aufmüpfigen", den Blutmaschinen zugeführt werden – was sie nicht wissen und was man sie nicht wissen lassen darf, denn ein Aufstand der Affenmenschen wäre schrecklich.

Abgesehen von wenigen Ausnahmen sind die Illianer schwach und schmächtig; sie haben dünne Knochen und keine oder sehr wenige Muskeln. Einige entschlossene Affenmenschen wären schnell Herr über Illa, wenn sie sich der Blutmaschinen und der Munition bemächtigten.

Ein Aufzug brachte mich in das Erdgeschoß, den eigentlichen Boden der Stadt. Von dort erreichte ich über die geheimen Gänge, deren Schlösser durch Phonographen betätigt werden und die sich nur unter der Einwirkung bestimmter Silben öffnen, die allein den Eingeweihten bekannt sind, eines der drei Rohre, durch die man in die Krypten gelangt, wo sich die Munition und die Waffen von Illa befinden.

Dort fand ich Grosé, den Kommandeur der Miliz, Fangar, den Luftkämpfer, den Chemiker Hielug und den Elektriker Ilg vor. Sie diskutierten lebhaft miteinander. Bei meinem Anblick schwiegen sie, als ob sie meine Gegenwart verlegen machen würde.

„Limm hat uns gerade den Befehl des Obersten Rates übergeben", sagte Fangar, während er mir entgegentrat. „Meine Fluggranaten werden heute Nacht bereit sein. Ich warte nur noch auf einen Befehl von Euch, Seigneur Xié, um genau die Sammelpunkte und die Anzahl der Fluggranaten zu erfahren, die jedem dieser Punkte sowie den Reserven zuzuweisen sind. Ich halte die Tabellen dieser Vorrichtungen mit Einzelheiten zu Eurer Verfügung!"

„Danke", sagte ich.

Alles war wirklich bereit. Ich wusste es. In den riesigen Krypten, fast vierzig Meter hoch und von Pfeilern aus einem Stahl getragen, dessen Moleküle unverformbar gemacht waren, lagerten Erstickungsgasbomben neben den Granaten, die unsichtbare und geruchlose Dämpfe abgaben, Dämpfe, die diejenigen tobsüchtig machten, die sie einatmeten. Die Unglücklichen, die von der Tollwut gepackt waren, hatten nur noch einen Gedanken im Kopf: zerstören; sie stürzten sich auf ihre Gefährten, griffen sie an, töteten sie, bis sie sich selbst halb umgebracht hatten oder sie von ihren eigenen Kameraden erledigt wurde. Wenn sie im Übrigen überlebten, dann war dies nicht für lange Zeit, kaum zwei oder drei Tage. Es waren diese Granaten, mit denen die Affenmenschen bewaffnet waren, die Rairs Garde in der Pyramide angehörten.

In einem dreifach gepanzerten Bunker, dessen fünf Schlösser nur geöffnet werden konnten, wenn Rair es erlaubte und einen besonderen Mechanismus betätigte, wurden die Nullsteinreserven aufbewahrt. Es gab da tausend Kilogramm.

Der Nullstein! Er war es, der die Macht Illas ausmachte und durch den es, eine einfache Stadt, unabhängig und gefürchtet wurde! Seit mehreren Jahrhunderten ruhten die Reserven dort. Man bediente sich ihrer nur in verzweifelten Fällen, wenn jedes andere Mittel ausgeschöpft war.

Denn seine Verwendung brachte entsetzliche Risiken mit sich. Wenn der Nullstein auf eine bestimmte Temperatur erhitzt wurde, führte dies zum künstlichen Zerfall der Materie, *das heißt, zum spurlosen Verschwinden von Lebewesen oder unbelebter Gegenstände in einem gegebenen Umkreis.*

Es ist die Wissenschaft der Illianer, die allein dieses wunderbare Ergebnis erzielen konnte …

Zuerst ist man von dem natürlichen Zerfall der Emanationen des Radiums ausgegangen, einem Zerfall, der zur Entstehung einer Reihe von Substanzen führt, an deren Ende das Helium steht. Man hat dann versucht, die Substanzen künstlich zum Zerfall zu bringen. Man hat sich an das Atom herangemacht, das aus planetarischen Elektronen und Wasserstoffkernen bestehen, die mit positiver Elektrizität geladen sind. Man hat zunächst die Elektronen dem Atom entzogen und sich dazu der ungeheuren Kraft bedient, die von dem Bombardement der Alphateilchen erzeugt wird, elektrisierten Heliumatomen, die sich mit der enormen Geschwindigkeit von 20.000 Kilometern in der Sekunde bewegen[6].

Die ersten Ergebnisse wurden mit Stickstoff und Aluminium, dann mit einfachen Elementen mit einem geringen Atomgewicht wie zum Beispiel Bor, Fluor, Natrium, Phosphor … erzielt. Und allmählich konnte man jedes beliebige Atom zerfallen lassen. Und es ist gelungen, den Nullstein zu bilden; dabei handelt es sich um

---

6 Der große englische Physiker Ernest Rutherford hat kürzlich ähnliche Ergebnisse erzielt. (Anm.d.Verf.)

verfestigtes Helium, dessen Energieleistung genau eine Milliarde Mal höher ist als die des ursprünglichen Heliums.

Wenn es auf eine bestimmte Temperatur gebracht wird, die ich nicht kenne, lädt sich das Helium elektrisch auf und setzt die Energie frei, die in ihm enthalten ist, eine Energie, deren Wirkungen noch nicht ganz berechnet sind – man kennt ihre Manifestationen nicht genau, die sehr unregelmäßig sind – und die man nur unvollkommen steuern kann. Somit ist die Verwendung des Nullsteins sehr selten geblieben. Ich selbst würde ihn nur im äußersten Extremfall und dann einsetzen, wenn es mir absolut unmöglich wäre, dies zu vermeiden.

Somit machte ich keine Anspielung auf den Nullstein, und mich an Fangar wendend, befahl ich ihm, mich zu seinen Fluggranaten zu geleiten. Tatsächlich hatte es mir geschienen, einen Blick zu erhaschen, den mir der Kommandeur der Luftkämpfer zugeworfen hatte.

„Ich gehorche Euren Befehlen, Seigneur Xié!", antwortete Fangar.

Wir verließen Hielug, Ilg und Grosé und begaben uns in die Halle, wo die Fluggranaten aufbewahrt wurden.

Dies war eine riesige kreisförmige Krypta, deren Gewölbe über eine runde Öffnung verfügte, die auf einen senkrechten Schacht in einem Durchmesser von ungefähr fünf Metern hinausging.

Auf dem Metallboden waren die Fluggranaten zum Aufsteigen bereit angeordnet.

Alle hatten dieselbe Form: riesige Linsen mit einem Durchmesser von vier Metern, deren größte Stärke kaum einen Meter fünfzig erreichte. Ihre Wände aus extraleichtem Metall umfassten innen eine Luftschraube, deren Achse in die der Linse überging. Diese Achse mit einem Durchmesser von siebzig Zentimetern war hohl. Sie enthielt von unten nach oben die acht Bomben, die dazu bestimmt waren, von dem Luftkämpfer abgeworfen zu werden.

Diese schräg in der Form eines Sterns um den mittleren Schacht angeordneten Bomben, durch den diese austraten, enthielten jeweils genug schädliche Gase um einen Hektar bis in eine Höhe von mehreren Metern abzudecken. Oberhalb dieser Bomben befand sich auf einem Metallgitter der Sitz des Luftkämpfers, der so angeordnet war, dass sich die tragende Luftschraube um ihn drehte. Ein einfaches Gewicht, das an einer Metallstange hing, diente dazu, den Apparat zu steuern. Die Veränderung der Lage dieses Gewichts und dadurch eine Verlagerung des Schwerpunktes der Linse ließ sie sich in die gewünschte Richtung neigen, und in dieser Richtung bewegte sie sich dann vorwärts wie ein flacher Stein, der in die Luft geworfen wird. Die mehr oder weniger schnelle Drehung der Luftschraube war ausschlaggebend für ihre Aufwärts- oder ihre Abwärtsbewegung. Über der hohlen Achse saß eine kleine Kuppel aus Metall, in der sich der Luftkämpfer befand und die ihn vor dem Wind schützte, der von der schnellen Bewegung des Geräts erzeugt wurde.

Dies war die neueste Erfindung Rairs. Bisher hatten die in Illa gebauten Flugmaschinen sehr viel größere Abmessungen und beförderten mehrere Luftkämpfer. Es waren diese großen Maschinen, die im letzten Krieg gegen die Nourianer eingesetzt wurden.

Ich konnte nicht umhin, Fangar darauf hinzuweisen, wie heikel mir die Handhabung solcher Maschinen erschien: Das kleinste falsche Manöver, eine Verzögerung von einer Sekunde, um einen notwendigen Handgriff zu machen, und die schwache Linse würde auf dem Boden zerschellen.

„Unsere Luftkämpfer werden kaum Begeisterung zeigen, diese Fluggranaten zu verwenden!", sagte ich und schüttelte den Kopf.

„Seigneur Rair hat alles vorhergesehen. *Es werden die Affenmenschen sein, welche die Fluggranaten besteigen.* Es wurden schon zweihundert der intelligentesten aus den Minen hochgeholt, und sie werden darin geschult, die Fluggranaten zu bedienen …, es hat ein paar Unfälle gegeben, aber nicht zu viele. Und der Krieg ist kein Spiel."

„Aber wenn die Affenmenschen, einmal im Besitz der Fluggranaten, sie gegen uns einsetzen und sich erheben würden? Illa wäre dem Untergang geweiht!", merkte ich an.

„Ein Irrtum, Seigneur Xié! Die Motoren, mit denen die Fluggranaten ausgestattet sind, werden von den elektrischen Strahlen angetrieben, die von unserer Zentrale erzeugt und durch die Luft zu ihnen befördert werden. Selbst in der Atmosphäre unterliegen die Affenmenschen unserem Willen, dem Willen des Seigneur Rair, meine ich. Sie wurden gewarnt, dass sie in jedem Fall einen Abstand von drei Kilometern gegenüber den Schutzmasten einhalten müssen, die Illa umgeben. Wenn sie gegen dieses Gebot verstoßen, würden ihre Motoren keinen Strom mehr erhalten, und ihre Maschinen würden augenblicklich zu Boden stürzen. Ah! Seigneur Rair hat an alles gedacht!"

„Warum hat man mich nicht davon unterrichtet, dass Illas Armee jetzt schändliche brutale Wesen in ihre Reihen haben soll?", rief ich aus und versuchte dabei vergeblich, meine Gereiztheit zu verbergen.

„Befehl des Seigneur Rair!"

Ich antwortete nicht und untersuchte die Fluggranaten. Ich konnte so feststellen, dass Rair nichts vergessen hatte. Jede Maschine war mit einem leichten Tank ausgestattet, der dichte Dämpfe erzeugen konnte, in denen die Fluggranate verschwinden könnte, wenn der Feind zu nahe an sie heranrückt.

Ich fragte Fangar nach dieser Neuerung oder eher nach dieser Wiedergeburt, denn schon vor langer Zeit hatte man in Illa aufgehört, sich so einfacher Mittel zu bedienen, und die vorherigen Modelle fliegender Geräte waren aus einem Metall hergestellt, das in einer Legierung bestand, welche die Lichtstrahlen durchließ, sodass sie völlig unsichtbar waren.

„Sie denken nicht an alles, Seigneur Xié!", bemerkte der Chef der Luftkämpfer zu mir. „Seigneur Rair weiß, was er tut. Jede Fluggranate kann sich unsichtbar machen, indem sie sich mit einer Wolke umgibt, die von unseren Spezialprojektoren durchdrungen und mühelos vertrieben werden könnte. Wenn die neuen Maschinen aus unsichtbarem Metall bestehen würden, könnte dagegen nichts die Affenmenschen daran hindern, über Illa zu fliegen, ohne dass wir sie sehen würden!"

Die Bemerkung war richtig. Ich verneigte mich.

Die riesige Krypta war verlassen. Ich machte den Rundgang immer mit Fangar an meiner Seite.

Ja, es gab niemanden in der Krypta. Ich sah unter die Geräte. Ich sah mich rundum, blickte über mich. Niemand.

„Kommen Sie heute Abend zu mir, ohne sich sehen zu lassen. Ich habe mit Ihnen zu reden!", sagte ich zu Fangar.

Der Chef der Luftkämpfer blickte mir in die Augen.

An meinem Gesichtsausdruck erkannte er, dass die Lage ernst war.

„Abgemacht!", hauchte er. „Wie Ihr seht, Seigneur Xié", schloss er mit lauter Stimme, „die wunderbaren Geräte, die dem Genie des erlauchten Rair zu verdanken sind, sind absolut bereit und ..."

Warum sprach Fangar so?

Ich drehte mich um. Limm, der Spion, die verdammte Seele Rairs, war hinter uns. Wie war er eingetreten, ohne dass wir ihn gehört hatten? Wie lange es her war, dass er in die Krypta gelangt war, das konnte ich unmöglich erraten.

Er lächelte, der Bandit, seine schwarzen Augen waren voller Liebenswürdigkeit. Ein leichter Anzug aus bläulichen Fasern ließ seine athletischen Formen erkennen. Wirklich, das war ein schöner Junge. Und ein berühmter Halunke.

„Ich grüße Euch, Seigneur Xié", sagte er und verneigte sich.

Ich wurde blass: Auf seiner linken Wange, nicht weit von seiner Nase, klebten drei rotbraune Haare, hatte ich erkannt, *Haare, die denjenigen ähnelten, mit denen die Affenmenschen bedeckt sind.* Nun war es, glaubte man, ein Affenmensch gewesen, der meine kleine Silmée erdolcht hatte! Oh! Jetzt war ich ganz sicher! Es war Limm, Rairs Mann, der mein Kind ermordet hatte!

„Sie sehen leidend aus, Seigneur Xié?", bemerkte Limm, während er mich mit einem durchdringenden Blick bedachte.

„Ja …, die Müdigkeit, die Überanstrengung …, und auch die Gemütsbewegung", erklärte ich. „Dieser unerwartete Krieg, für den ich die ruhmreiche Verantwortung trage, und auch der Zustand einer arme Silmée, die …"

„Ah! Ja. Man hat mir gesagt, dass Fräulein[7] Silmée beinahe das Opfer eines gemeinen Attentats geworden wäre. Erlauben Sie mir, Seigneur Xié, Euch meine Glückwünsche für die sozusagen wundersame Weise auszusprechen, wie Fräulein Silmée ihrem Mörder entkommen ist! Es scheint, dass es Seigneur Toupahou ist, ihr Verlobter, der ihr das Leben gerettet hat. Der tapfere junge Mann, seiner illustren Familie würdig."

„Ich danke Euch", sagte ich.

Einige Minuten lang, die ich mich kaum beherrschen konnte, musste ich die Gegenwart dieses widerwärtigen Wesens ertragen. Schließlich schützte ich die mir obliegenden Pflichten vor und verließ ihn, nachdem ich einen letzten flüchtigen Blick mit Fangar ausgetauscht hatte.

Drei Stunden lang inspizierte ich die Ausrüstungslager.

Ich gewährte meinen wichtigsten Offizieren eine Audienz – in Rairs Schule erzogene Gelehrte –, steif, starr, besserwisserisch waren sie, Individuen eben, die mehr den Maschinen, mit deren Betrieb sie beauftragt waren, als Menschen glichen. Ah! Wenn sie von Mann zu Mann kämpfen müssten! Der Anblick eines Insekts war in der Lage, sie in Angst und Schrecken zu versetzen! Ich zog ihnen immer noch die Affenmenschen vor, die von Rair mit der Steuerung der Fluggranaten beauftragt waren!

Nachdem ich mich dieser Pflichten entledigt hatte, kehrte ich zu mir nach Hause zurück. Die Sonne war im Untergehen begriffen, aber dank der Lichtakkumulatoren sandten die Parabolspiegel weiterhin ein weißes und gleichbleibendes Licht in die Beleuchtungsschächte.

Auf den Terrassen, die sich rund um die Pyramide erstreckten, gingen die Illianer spazieren und plauderten miteinander. Ich konnte sehen, dass mich mehrere beharrlich ansahen. Das waren Freunde oder Verwandte der Alten des Obersten Rates, und sie waren mehr

---

7 Der Übersetzer war nicht der Meinung, die Titel beibehalten zu müssen, mit denen sich die Illianer ansprachen und die für uns ohne Bedeutung wären (Anm.d.Verf.).

oder weniger auf dem Laufenden über die Ereignisse, die in Vorbereitung waren.

Ich kam nach Hause zurück und lief in Silmées Zimmer.

Es war leer! Die beiden Krankenpflegerinnen waren verschwunden. Und keine Silmée!

Ich spürte, dass ich verrückt wurde.

Ich irrte durch die Zimmer und rief stupide nach meinem Kind … Nichts antwortete mir!

Welchen Zweck soll es haben, mich über meine Ängste auszulassen? Die Stunden vergingen, bevor ich die Wahrheit verstand: *Silmée war entführt worden.*

Zuerst entwickelte ich eine irre Hoffnung: Es war vielleicht Toupahou, der meine Tochter weggebracht hatte, um sie den dunklen Machenschaften Rairs zu entziehen!

Ich wartete. Ich wartete immer noch!

Toupahou kam nicht, und auch keine Nachricht von ihm.

Ach! Unglücklicher Vater, der ich war.

Eine Klingel kündigte mir an, dass jemand zu mir kam. Ich eilte hin.

Es war Fangar, der Befehlshaber der Luftkämpfer. Trotz meiner schrecklichen Gemütsbewegung bemerkte ich, dass mein Besucher bleich und erregt war.

4. Kapitel

„Was ist los mit dir, Fangar?", rief ich aus. „Meine Tochter ist …" Fangar war ein mutiger Mann, aber voller Kaltblütigkeit. Und somit streng, was die Disziplin betraf.

Er war eines Nachts mit seiner Flugmaschine absichtlich mit der eines seiner Untergebenen zusammengestoßen, der einen erteilten Befehl nicht schnell genug ausführte. Die beiden Maschinen waren zu Boden gestürzt. Fangar war mit ein paar Prellungen davongekommen – nachdem er den Tod riskiert hatte, um einen Ungehorsam bestrafen. Dies zur Erklärung, wie sehr er der Verfechter einer strengen Disziplin war.

Dennoch fiel er mir ins Wort, mir, dem Oberbefehlshaber der Armee von Illa!

„Seigneur Xié!", stieß er mit einer keuchenden Stimme aus. „Vorhin in der Krypta haben Sie mich nicht über die Konzentrationen der Fluggranaten informiert. Sie schienen zerstreut, geistesabwesend zu sein ... *Limm hat alles beobachtet!*... Wir haben ihn erst danach gesehen. Soweit ich weiß, sollt Ihr wegen Unfähigkeit und Fahrlässigkeit festgenommen werden!... Grosé hat gerade den Befehl erhalten. Er wird von einem Augenblick zu anderen hier sein. Ihr habt keine Zeit zu fliehen. Wenn man mich hier überrascht, wäre mein Schicksal besiegelt."

„Ich habe Euch nichts gesagt. Adieu!"

Und bevor ich weitere Erklärungen verlangen konnte, stürzte Fangar nach draußen. Ich hörte ein leises Brummen, wie es von einem Drehflügel hervorgerufen wird.

Ich war geschockt. Nachdem ich vor einem der Lüftungsschächte angekommen war, hatte ich die Zeit, einen Schatten mit Schwindel erregender Geschwindigkeit in Richtung auf den Zenit zu aufsteigen zu sehen. Ich erriet mehr eine der Fluggranaten, als ich sie erkannte, an deren Bord der Befehlshaber der Luftkämpfer gekommen war. Es hatte all seiner Geschicklichkeit bedurft, um durch den Schacht zu gelangen, ohne gegen die zahllosen Leitungsdrähte sowie die Nockenwellen zu stoßen, mit denen seine Wände bedeckt waren.

Mit einigen Schritten war ich wieder bei mir zu Hause.

Meine Lage war zwar schrecklich, ich hatte aber zumindest den Vorteil, klar zu sehen!

Mit seinem unerbittlichen Genie, mit seinem außerordentlichen Vermögen, Schlussfolgerungen zu ziehen, hatte Rair die Gefühle erraten, die ich gegen ihn nährte. Er hatte, wenn man so sagen kann, meine Pläne gewittert!... Vielleicht hatte er − durch welches Mittel? − mein Gespräch mit Toupahou, seinem Enkel, mitgehört. Alles schien darauf hinzudeuten. Toupahou war verschwunden. Silmée auch. Und jetzt sollte ich festgenommen werden.

Ich musste fliehen, das war meine Pflicht, eine doppelte Pflicht. Silmée brauchte mich. Und Illa selbst auch, das Rair in seinen Untergang führte, konnte nur von mir gerettet werden. Zumindest glaubte ich dies.

Fliehen? Es gab nur ein einziges Mittel, um Illa zu verlassen: sich einer Flugmaschine zu bemächtigen und in die Luft zu steigen. Ein relativ leichtes Unternehmen. Die Wächter der Maschinen konnten Rairs Absichten noch nicht kennen, die mich betrafen, und würden mich respektvoll eine der Maschinen nehmen lassen.

All diese Überlegungen, man erahnt es, stellte ich in weniger als einer Minute an. Ich stürzte zu dem Schacht hin, der meine Wohnung mit den Terrassen verband. Ich hatte ihn noch nicht erreicht, da hielt ich abrupt inne, als ich das Zischen eines Aufzugs hörte.

Ich erlitt einen leichten Schock. Und fast in derselben Sekunde erschien Grosé gefolgt von sechs Milizionären. Alle trugen Strahlenschutzanzüge, die aus einem Gewebe gefertigt wurden, das aus Blei und Gold bestand. Zwei Milizionäre, die hinter Grosé standen, hielten etwas in ihren geschlossenen Händen.

„Seigneur Xié", machte Grosé mit einer Stimme, die mir nicht sehr sicher erschien, „wir sind hier auf Befehl des Großen Rates. Wollt Ihr uns bitte folgen!"

„Euch folgen? Und wohin?"

„Wir haben den Befehl, uns Eurer zu versichern, Seigneur Xié. *Zwingt uns nicht dazu, die Strahlenbomben einzusetzen, mit denen wir ausgerüstet sind.* Unsere Befehle sind streng!"

Ich verstand. Was diese Milizionäre in ihren Händen hielten, waren kleine Strahlenbomben, die, wenn sie explodieren, mit denen der Röntgenstrahlen vergleichbare, aber kürzere Wellen freigeben, welche die Eigenschaft besitzen, bis in eine bestimmte Entfernung jedes Leben auszulöschen, so kurze Wellen, dass siebzehn Millionen in einem Zehntelmillimeter Platz finden.

Die geringste Geste des Widerstandes, und ich wäre vernichtet.

Grosé und seine Milizionäre riskierten dank ihrer Anzüge nichts, deren Material so dicht war, dass die Strahlen es nicht durchdringen konnten.

Ich besaß sehr wohl einen dieser Anzüge, hatte aber nicht daran gedacht, ihn anzulegen, da ich nicht voraussehen konnte, welche Waffen gegen mich eingesetzt würden.

Ich spannte mich an, und es gelang mir, ruhig zu bleiben.

„Ich folge Euch!", antwortete ich Grosé.

Dieser machte ein Zeichen. Rasch fasste mich einer der Milizionäre an den Händen, während sich ein anderer mit Handschellen näherte. Sich zu widersetzen wäre vergeblich und meiner nicht würdig gewesen. Ich ließ es mit mir geschehen.

Von meinen Leibwächtern umgeben verließ ich meine Wohnung.

Ich, Xié – der Bezwinger der Nourianer, der Mann, dem das ganze Volk von Illa zugejubelt hatte –, ich wurde auf die Terrassen gebracht ... Die Frauen und die Kinder, die Männer und die Alten sahen mich vorbeikommen, angekettet wie ein Affenmensch, der aus den Minen flüchtet. Aber würden sie mich nur erkennen?

Ich wusste bald, wohin man mich brachte, als wir vor dem gepanzerten Aufzug ankamen, dem, der in die Verliese führte. Wir nahmen dort mit Grosé und den Milizionären Platz. Ich verstand, dass Grosé Befehle hatte – dass alles im Voraus festgelegt worden war. Wozu mich beklagen? Wozu Erklärungen verlangen? Ich fühlte, dass alles nutzlos wäre.

Der Affenmensch, der mit der Bedienung des Aufzugs beauftragt war, betätigte einen Hebel mit der Hand, in der sein linkes Bein endete. Diese Affenmenschen besitzen infolge einer langen Selektion vier Hände wie die Schimpansen. Dies ermöglichte es, von ihnen eine höhere Arbeitsleistung zu erhalten …

Auf einer Bank sitzend betrachtete ich das Biest. Ein grober Schurz aus Metallgewebe umschloss seine Nieren und stellte seine einzige Bekleidung dar.

Leicht gekrümmt stehend kicherte er albern, und ein Priem blähte seine Backe auf. Ein schwärzlicher Saft sickerte zwischen seinen wulstigen Lippen hervor, und aus seinem kleinen Auge schoss ein bösartiger Glanz, der durch sein zu albernem Gekicher verzogenen großen Mund noch betont wurde. Mit seiner niedrigen und flachen Stirn, seinen großen und spitzen abstehenden Ohren, den dichten rotbraunen Haaren, die seinen Körper bedeckten, entsprach er sehr gut der brutalen Gewalt. Unter der rauen Haut seiner langen Arme – überlangen Arme – war das Beben der kraftvollen Muskeln zu erraten.

Er war glücklicher als ich, dieser da. Er kannte meine Ängste nicht und würde sie niemals kennenlernen. Meine arme Silmée! Was war ihr geschehen?

Der Aufzug glitt mit schwindelerregender Geschwindigkeit ohne Erschütterung in der langen Stahlröhre. Er kam an den unzähligen Stockwerken von Illa vorbei und hielt schließlich abrupt vor einem Gang mit leuchtenden Wänden an.

Meine Wächter zerrten mich mit sich. Eine Tür öffnete sich vor mir. Man schob mich durch die Öffnung. Ich stolperte hinein, während sich der Türflügel hinter mir wieder schloss

Ich befand mich in einem der Verliese von Illa, einer Zelle, welche die genaue Form eines Zylinders aufwies, zwei Meter fünfzig hoch und einen Meter fünfzig im Durchmesser. Man konnte sich dort nur stehend oder sitzend aufhalten. Unmöglich, sich dort hinzustrecken. Ein veilchenbläuliches Licht drang durch die Wände, den Fußboden und die Decke. Keine andere Öffnung als die Tür, deren Flügel in die Wand überging, in die sie eingelassen war. In der Mitte der Decke war eine

Linse groß wie ein Teller angebracht. Sie war von kleinen Löchern umgeben, die den Zutritt von Luft ermöglichen sollten.

Diese Linse, die aus einer unbekannten Legierung bestand, an der ein ziemlich großer Prozentsatz von Selen beteiligt war, erlaubte es dem Großen Rat, mithilfe spezieller Geräte alles zu sehen, was ich machte. Keine meiner geringsten Bewegungen konnte meinen Peinigern entgehen. Sie hatten jede Muße, meine Agonie zu überwachen …

Ich setzte mich auf den Boden meiner Zelle.

Ich kannte mein Schicksal: Mir war es bestimmt, langsam an Entkräftung zu sterben. Die Nährströme der Blutmaschinen würden mich nur noch in unzulänglichem Umfang erreichen – im Umfang einer von Gesetzes wegen vorgeschriebenen Dosis, um mein Leben um so viele Tage zu verlängern, wie dies der Große Rat, das heißt, Rair beschließen würde.

Aber daran dachte ich nicht. Ich dachte an meine Tochter, an Silmée, die sich schwer verletzt gewiss in Rairs Gewalt befand. Ob sie noch lebte?

Ich stemmte mich dagegen. Ich wollte nicht, dass man Xié niedergeschlagen sieht.

Wie viele Stunden vergangen waren?… Ich konnte es mir nicht denken.

Allein mit meinen Gedanken, die Glieder von Krämpfen gekrümmt, zitternd, fiebrig, unruhig, angsterfüllt blieb ich in der absoluten Stille reglos. Aus den Wänden, dem Boden, der Decke drang andauernd ein rotviolettes Licht, ein unerbittliches Licht. Und Silmée, Silmée, was war mit ihr geschehen?

Die Tür meines Kerkers – eine unsichtbare Tür – sollte sich erst wieder öffnen, das wusste ich, wenn ich tot wäre, wenn Rair, nachdem seine Rachegelüste gesättigt waren, geruhen würde, mich sterben zu lassen.

Allmählich beruhigten sich meine Ängste, meine Qualen. Ich verstand, dass ich schwächer wurde.

Dennoch hatte ich noch kein Hungergefühl verspürt: Rair hatte, das war mir klar, den Befehl erteilt, mir weiterhin dieselbe Anzahl osmotischer Ströme zukommen zu lassen wie gewöhnlich. Er wollte meine Folter in die Länge ziehen. Aber meine seelischen Qualen taten ihr Werk: Langsam sank ich auf den Tod zu.

Ich dämmerte halb bewusstlos vor mich hin, als ein kurzes und heftiges Krachen hinter mir mich aufschreckte.

Ich öffnete die Augen und glaubte zu träumen. Die Tür meines Kerkers schien sich, aus ihren Angeln gerissen, auf mich stürzen zu wollen, und in dem Spalt zwischen dem Flügel und dem Rahmen tauchte Fangar, der Oberbefehlshaber der Luftkämpfer, mit blutverschmiertem Gesicht auf.

Mechanisch hob ich den Kopf auf die Selenlinse zu. Sie hatte aufgehört zu glänzen. Der Strom, mit dem sie auf irgendeine Weise versorgt wurde, musste unterbrochen worden sein.

„Kommt! Schnell!", keuchte Fangar.

Ich wollte mich erheben, aber meine Beine, die seit Tagen und Tagen um sich selbst gelegt waren, weigerten sich, mich zu tragen. Ich hatte genügend Kraft, um mich auf die Füße zu stellen, aber die Kniegelenke knickten unter mir ein. Ich fiel wieder hin.

Eine furchtbare Angst verzerrte Fangars Gesichtszüge. Er überschritt die Schwelle der Zelle, bückte sich und hob mich hoch, nachdem er mich unter den Schultern gefasst hatte:

„Schnell! Es muss sein ...", murmelte er. „Versucht zu gehen!... Wir haben zwei oder drei Minuten vor uns, und ich bin zu schwach, um sie zu tragen!"

Ich raffte all meine Kräfte zusammen. Die Zähne so fest aufeinander gepresst, dass sie knirschten, den Schweiß an den Schläfen, all meine Muskeln in größter Anstrengung angespannt gelang es mir, den Todeszylinder zu verlassen und gestützt auf Fangars Schulter zwei oder drei Schritte zu machen.

Ein Krampf packte mich. Ich musste mich am Arm meines Retters halten, gegen den ich mich schlaff und unbeweglich wie ein Lumpen lehnte.

„Wir sind verloren, wenn wir hier bleiben!", murmelte der Oberbefehlshaber der Luftkämpfer und zog mich mit.

Hechelnd, verstört ging ich weiter. Bei jedem Schritt knickten meine Kniegelenke trotz meiner Anstrengungen ein. Fangar zog mich fast. Wir überwanden den langen Gang, der am Schacht des Aufzugs endet.

Der Aufzug war da, aber kurz und klein geschlagen, ein Haufen Blech und Winkeleisen, und mitten darin war der zermalmte, verstümmelte, wahrhaft zu blutigem Brei zerschlagene Leichnam des Affenmenschen zu erkennen, der mit dem Betrieb des Apparats beauftragt war.

„Kommt!", wiederholte Fangar, dessen Zähne klapperten.

Er wusste, dass er grauenhaften Foltern unterzogen würde, wenn man ihn überraschte.

Ich dachte nicht daran, ihn nach Erklärungen zu fragen, und seinem Beispiel folgend machte ich mich an die Trümmer des Aufzugs, die zu überklettern ich unternahm.

Das war ein furchtbarer Kampf. Zwanzigmal stolperte ich, zerschrammte ich mich, schnitt ich mich, quetschte ich mich an den eisernen Winkeln und den Resten der gerissenen Nieten vorbei. Fangar half mir, obwohl er genug damit zu tun hatte, sich selbst einen Weg durch diesen verdrehten und verbogenen Abfall zu bahnen.

Weniger als zwei Meter oberhalb des Aufzugs stand unbeweglich eine Fluggranate, deren Luftschraube unmerklich schnurrte, aber ich war so an die Stille gewöhnt, dass ich sie deutlich hörte.

„Beeilen wir uns!", murmelte Fangar.

Er fasste mich an der Hand und half mir, bis unter die Fluggranate zu gelangen, und von dort kletterte er auf deren Rand, indem er sich eines der Pfosten des Aufzugs bediente.

Er musste den Motor verstellt haben, denn mir schien, dass sich der Rhythmus der Turbine verlangsamte. Die Fluggranate senkte sich langsam, bis sie fast die Trümmer des Aufzugs berührte. Fangar streckte mir die linke Hand entgegen, die ich ergriff. Mit einer großen Anstrengung gelang es dem Oberbefehlshaber der Luftkämpfer, mich bis zu sich hochzuziehen.

„Beeilen wir uns!", wiederholte er, als könne er nur noch dieses Wort aussprechen.

Ich erreichte die hohle Achse der Luftschraube in der Mitte der Metalllinse.

Es gab gerade genug Platz für einen Mann. Wir waren zwei. Wir sollten wir dort Platz finden. Ein Geheimnis. Wir wussten alle beide, dass wir da unbedingt zurechtkommen mussten, denn andernfalls bedeutete dies den Tod. Und das reichte uns.

In einem Maße zusammengedrückt, aneinandergepresst, dass wir nicht die geringste Bewegung machen konnten und dass es mir sehr schwerfiel zu atmen, hatten wir uns schließlich eingerichtet.

Ich befand mich zwischen Fangars Beinen, der fast auf mir saß. Und unter meinen Nieren spürte ich die Bomben, die um den Abwurfkegel angeordnet waren und nicht gerade ein komfortables Kissen darstellten.

Fangar, der sich seine Arme frei gehalten hatte, klappte mit Schwierigkeiten die Metallhaube herunter, um die Linse zu verschließen.

Er betätigte einen Hebel. Der Motor dröhnte dumpf. Mit einer erschreckenden Geschwindigkeit hob die Granate ab. Sie stieg vertikal in dem Schacht nach oben, der von den Führungen und den Steuerstangen des Aufzugs verstopft war.

Es bedurfte Fangars ganzer Geschicklichkeit, damit die Linse nirgends hängen blieb. Zwischen der Fluggranate und den Wänden des Schachtes lag kaum ein Abstand von einigen Zentimetern!

Wir stiegen dennoch mit mehr als sechshundert Stundenkilometern in die Höhe! Ich hatte keine Zeit, irgendetwas zu sehen ...

Plötzlich schossen wir aus dem Schacht hinaus!... Ich erfasste blitzartig die fahlen Lichtschimmer, die in der Nacht aus den Schächten austraten, die der Beleuchtung und der Heizung der Häuser von Illa dienten. Es schien mir, dass ich die Pyramide des Großen Rates erkannte. Aber in der nächsten Sekunde waren wir schon hoch am Himmel inmitten der Wolken.

Ich schnappte nach Luft. Meine Beine, die von ihrer langen Unbeweglichkeit in der Zelle schon steif war, verursachten mir unerträgliche Schmerzen. Es kam mir vor, als ob ein Folterknecht mir die Muskeln verdrehte. Und infolge meiner Lage konnte ich nur schwer atmen.

Ich wusste, dass ich mich nicht rühren durfte: Der geringste Kraftaufwand meinerseits hätte die Gefahr heraufbeschworen, dass Fangar eine falsche Bewegung machte und uns beide auf den Boden abstürzen ließe, denn die Fluggranaten, das war mir nicht unbekannt, verfügten über ein sehr empfindliches und leicht zu störendes Gleichgewicht.

Es vergingen einige Minuten. Der Motor brummte regelmäßig.

Plötzlich hörte ich, dass er langsamer wurde. Die Fluggranate stellte sich abrupt schräg, so abrupt, dass ich mit dem Kopf heftig gegen das Innengitter stieß, das mich von der Drehachse der Luftschraube trennte. Ich spürte, dass wir abstürzten.

„Strom unterbrochen!", hatte Fangar Zeit, mir zu erklären.

Ich verstand: Entweder, weil unsere Flucht entdeckt worden war, oder aus irgendeinem anderen Grund waren wir von den elektrischen Wellen abgeschnitten, die den Motor der Fluggranate drehen ließen.

Und die Maschine näherte sich den Gesetzen der Schwerkraft folgend mit einer schwindelerregenden Geschwindigkeit dem Boden.

Ich erwartete das Ende ...

5. Kapitel

Meine Schwäche und meine Verzweiflung hatten mich die übermenschlichen Fähigkeiten Fangars vergessen lassen. Der Oberbefehlshaber der Luftkämpfer kannte die Atmosphäre, wie ein Fisch das Wasser kennt. Indem er sich abwechselnd oder gleichzeitig der erworbenen Geschwindigkeit, die in uns war, und unserer Fallgeschwindigkeit bediente und im richtigen Augenblick unseren Schwerpunkt verschob, gelang ihm da, was jedem anderen außer ihm unmöglich gewesen wäre.

Er ließ uns mehrere konzentrische Kreise mit einem immer kleineren Durchmesser beschreiben und erreichte es so, mit einem sehr viel geringeren Winkel auf den Boden zu treffen. Trotzdem war der Aufprall immer noch von einer sehr großen Heftigkeit. Die von der Erschütterung verformten Wände der Metalllinse barsten. Aber wir waren unversehrt.

Nicht ohne Mühe schaffte sich Fangar hinaus und half mir dabei, den Apparat zu verlassen. Meine Glieder waren so steif, dass er mich wie ein Kind hoch- und irgendwie aus der Maschine herausheben musste

Es war Nacht. Die Sterne funkelten am schwarzen Himmel. In der Ferne erkannte ich Richtung Norden den fahlen Schein, der Illa mit einem milchigen Dunst einhüllte, und die gleichzeitig massive und spitze Silhouette der Pyramide de Großen Rates.

Wir mussten ungefähr fünfzig Kilometer von der großen Stadt entfernt sein, aber immer noch innerhalb der Schutzmasten.

„Wir sind noch nicht gerettet", sagte ich zu Fangar. „Aber ich danke Euch deswegen nicht weniger für Eure Selbstlosigkeit ... Wenn ich sterbe, wird dies zumindest im Freien und ohne die furchtbaren Martern ertragen zu müssen geschehen, die mein Leben ausgemacht haben, seit Grosé gekommen war, um mich festzunehmen und in den Verliesen einzusperren."

„Grosé gehört zu uns. Er ist es, der mir offenbart hat, wo Ihr wart. Heute Nacht habe ich mir vorhin dem Umstand zunutze gemacht, dass der Große Rat eine Sitzung abhielt, ich habe mir eine Fluggranate genommen, und ich habe mich in den Schacht des Aufzugs fallen lassen, der zu den Verliesen Nr. 3 führte. *Denn Ihr seid ..., Ihr wart in den Verliesen, die den Verbrechern vorbehalten sind, die leben sollen.* Rair musste Gründe haben, um Euch zu schonen. Kurzum, ich habe mit der Fluggranate den Aufzug und den Affenmenschen zerschmettert, der ihn bediente, und mit einem Sauerstoffbrenner habe ich die Angeln der Tür Eures Kerkers aufgeschnitten. Das ist alles!"

„Und Silmée?", konnte ich mich nicht zurückhalten auszurufen, ohne daran zu denken, meinem Retter zu danken. „Meine Tochter! Habt Ihr Neuigkeiten von ihr?"

„Nichts, Seigneur Xié."

„Toupahou?"

„Keiner weiß, wo er ist. Aber bleiben wir nicht hier! Es wird nicht lange dauern, bis wir gesucht werden. Von einem Augenblick zum anderen werden weitere Fluggranaten auftauchen. Sobald Rair die Wellen wieder fließen lassen hat. Er will uns die Zeit lassen, um auf dem Boden zu zerschellen. Kommt!"

„Wohin gehen wir?", murmelte ich ratlos.

„Wir wollen versuchen, nach Illa zurückzugelangen. Wir werden uns bei Houl verstecken, dem Ingenieur, der mit der Überwachung der Blutmaschinen beauftragt ist. Er ist einer von uns. Grosé wird uns dann dort treffen, sobald er kann!"

Ich antwortete nicht. Wir entfernten uns von den Trümmern der Fluggranate. Wir kamen mit langsamen Schritten voran, denn ich konnte mich kaum auf den Beinen halten und schleppte mich mehr dahin als ich lief. Ohne Fangar wäre ich bei jedem Schritt hingefallen.

„Und der Krieg gegen Nour?", fragte ich.

„Die Vorbereitungen gehen weiter … Vor fünfzehn Tagen hat Rair die absolute Macht übernommen. Vier Mitglieder des Großen Rates wurden tot aufgefunden, ohne dass man wüsste, wie − aber jedermann hat erraten, woher der Schlag kam. Es herrschen Angst und Schrecken. Niemand wagt es, sich zu rühren, um so weniger, da sich jeder von Limms Polizei überwacht fühlt. Von einem Augenblick zum anderen können wir über die Nourianer herfallen."

„Aber", unterbrach ich ihn, „wie lange bin ich Gefangener gewesen?"

„Genau sieben Wochen, Seigneur Xié!"

Ich fand keine Antwort. Sieben Wochen! Fast zwei Monate! Ich war mir in meiner Zelle des Verrinnens der Zeit nicht bewusst geworden. Ich wäre auch nicht überraschter gewesen, wenn Fangar „sieben Jahre" oder „sieben Tage" gesagt hätte. Und Silmée? Was war in diesen sieben Wochen aus ihr geworden? Tot oder lebendig? Fangar wusste nichts. Keiner wusste etwas − keiner, außer Rair.

Wir gingen schweigend weiter voran. Um uns waren Zuckerrohr- und Maisfelder. Keine einzige menschliche Wohnstatt.

Wir marschierten mühselig. Fangar musste mich nicht nur stützen, aber da er es auch nicht mehr gewohnt war, auf einem natürlichen Boden zu gehen, machte ihm das erkennbar zu schaffen. Hier, wo wir uns befanden, machten sich die Wirkungen der Schwerkraft ohne jede Linderung bemerkbar.

„Rair muss beseitigt werden!", murmelte ich schließlich. „Das muss sein! Oder wir sind alle verloren, und Illa ist mit uns verloren!"

„Grosé ist dieser Meinung, und auch Houl, und Foug ebenfalls. Und es gibt zahlreiche weitere Bürger, die wie wir denken, aber niemand wagt es, seinen Gefühlen Ausdruck zu verleihen. Jeder fürchtet, den nächsten Tag nicht mehr zu erleben. Nur Limms und Rairs Partisanen erheben ihre Stimme und finden keine Widersacher!"

„Wir werden siegen! Wir werden siegen!", wiederholte ich.

Fangar gab keine Antwort.

Wir kamen voran. Allmählich spürte ich, wie dank meiner robusten Konstitution mein Blut lebhafter in meinen Venen strömte. Meine Knie wurden wieder kräftiger. Mithilfe eines Zuckerrohrs, das Fangar mir abgeschnitten hatte, konnte ich bald wieder laufen, ohne mich auf den Oberbefehlshaber der Luftkämpfer zu stützen.

Aber plötzlich nahm ich leichte Schwingungen war. Ich hob den Kopf. Ein Dutzend Fluggranaten glitt unterteilt in drei Gruppen über den Sternenhimmel. Sie beschrieben auf ihrem Flug Kurvenlinien, sodass sie mal auf dem Boden zu zerschellen schienen und dann wieder hochzogen und geradewegs auf den Zenit zusteuerten.

Aus dem Unterteil jedes von ihnen trat ein greller grüner Lichtkegel aus und bildete auf dem Boden große Helligkeitsovale, die sich mit einer schwindelerregenden Geschwindigkeit fortbewegten.

Ohne die Notwendigkeit, auch nur ein Wort auszusprechen, warfen wir uns unter die Zuckerrohre, zwischen denen wir marschierten.

Unbeweglich auf dem Boden in den Gräsern ausgestreckt spürten wir, wie sich der Lichtteppich über uns legte. Die Luftkämpfer sahen uns nicht. Sie flogen weiter. Aber weniger als einen Kilometer vor uns ging eine der Fluggranaten nach unten und beschrieb eine gewagte Kurve, sodass sie weniger als fünfzehn Meter über dem Boden flog: Sie rasierte die Spitzen der Zuckerrohre ab …

Schließlich verschwand auch die letzte der Fluggranaten. Wir erhoben uns wieder.

„Glücklicherweise sind es Affenmenschen, welche die Fluggranaten fliegen. Illianer hätten uns entdeckt!", murmelte Fangar. „Jedenfalls verstehen sie es jetzt, sich auf bewundernswerte Weise ihrer Maschinen zu bedienen, diese gemeinen Kerle! Sie werden gewiss die Fluggranate finden, mit der wir geflohen sind. Hoffentlich folgen sie nicht unserer Spur."

„Gehen wir!", sagte ich.

Wir schritten schweigend voran. Fangar befürchtete trotz allem ebenso wie ich, ob nicht irgendeine Fluggranate doch von einem Luftkämpfer gesteuert wurde und ein Mikrofon enthielt, das unsere Worte hätte aufnehmen können.

Erst nach einigen Minuten begannen wir wieder, uns zu unterhalten, oder besser gesagt, einige kurze Sätze darüber auszutauschen, was in Illa geschah.

Ich erfuhr so, dass Rair meine Gefangenschaft geheim gehalten hatte und dass sehr wenige Illianer an dem unmittelbar bevorstehenden Krieg mit Nour zweifelten.

Rair wollte mit seiner schrecklichen Genialität den Vorteil der Überraschung gegenüber den Nourianern haben.

Bis zum Morgen marschierten wir. Bei Tag verbargen wir uns am Ufer eines kleinen Flusses zwischen den Bambusrohren. Einige Kokosnüsse, die wir im Gras aufsammelten, dienten uns als Nahrung. Und abwechselnd schliefen wir bis zur Nacht.

Wozu soll ich mich über unsere Abenteuer auslassen? Es gelang uns, zwei Milizionäre zu überraschen, die mit der Überwachung der Illa umgebenden Masten zu Lande beauftragt waren. Wir töteten sie, nahmen ihnen ihre Uniformen ab und konnten im Schutze der Nacht in die Stadt gelangen, ohne verdächtigt oder gar erkannt zu werden. Dies war uns umso leichter, da seit mehr als drei Jahren in Illa Frieden herrschte. Die Nourianer unterhielten nach dem strahlenden Sieg, den ich über sie errungen hatte, ausgezeichnete Beziehungen zu uns. Und Rair hatte alles getan, damit sowohl in Illa wie auch bei den anderen Nationen die Illusion herrschte, dass wir friedlich wären.

Wir erreichten die Terrassen gegen elf Uhr abends, als sie fast verlassen waren. Ein Aufzug brachte uns hinunter unter die Fundamente der Häuser mit hundertundeinem Stockwerken vor einen der schrägen Gänge, die zu den Blutmaschinen führen. Die beiden Wachtposten, die vor der Tür aufgestellt waren, erkannten uns nicht, denn wir hatten mithilfe von falschen Bärten und Perücken, die Fangar mitgenommen hatte, dafür gesorgt, unser Aussehen vollständig zu verändern ...

„Führen Sie uns sofort zu Ingenieur Houl. Dringend!", befahl Fangar einem der Wachtposten.

Die Milizionärsuniform, die der Oberbefehlshaber der Luftkämpfer wie ich trug, und vor allem der Befehlston, in dem dieser sprach, überzeugten den Wachtposten, der auf einen Knopf drückte, um eine Klingel zu betätigen.

Fangar und mir, uns war bekannt, was geschehen würde. Wir wussten, dass einer der technischen Aufseher der Maschinen kommen und uns zu dem Ingenieur Houl bringen würde.

Das war es, was tatsächlich geschah. Weniger als fünf Minuten später, nachdem wir einen engen Gang durchquert hatten, dessen Wände im Gefahrenfall sogleich zusammengefahren werden konnten und die Unvorsichtigen zerquetschen würden, die sich dort befänden, kamen wir durch drei verschiedene Säle, Säle mit beweglichen Fußböden, die sich erforderlichenfalls über den Tanks öffnen konnten, die mit von den Blutmaschinen abgegebenen Säuren gefüllt waren, und betraten das Büro des Ingenieurs Houl: eine hohe Krypta mit einem Durchmesser von kaum vier Metern, deren Gewölbe ein Dutzend Meter vom Fußboden entfernt war.

An den Wänden aus weißem Marmor waren gläserne Pegelstandsmesser neben Amperemetern und anderen Messgeräten angebracht. Lange Zeiger, die in Skalen angeordnet waren, in deren Innern ein absolutes Vakuum herrschte, zitterten schnell und unaufhörlich: Sie gaben die Anzahl der Schwingungen an, die von den Blutmaschinen abgegeben wurden. In einem langen vertikalen Rohr aus bläulichem Glas sprudelte ohne Unterlass eine seltsame Flüssigkeit von opalenem Rosa und gab eine Art Phosphoreszenz ab.

In der Mitte der Krypta saß vor einem kleinen Ebonittisch der Ingenieur Houl, ein kleiner, kahlköpfiger Mann mit einem spitzen Schädel und einer breiten Nase, auf der er eine Brille mit runden Gläsern trug, und sah Papiere durch.

Er hob den Kopf, sah uns und erkannte uns. Mit einer Handbewegung entließ er den Aufseher, der uns begleitet hatte. Dann erhob er sich und ging, um selbst die Tür zu der Krypta zu schließen.

Er begab sich dann zu einem der Geräte, die an der Wand befestigt waren, und drehte ein wenig an einem Hebel. Es ertönte ein leises Prasseln ähnlich dem, das eine Reihe von Ventilen erzeugen würde, die schnell geöffnet und geschlossen werden.

„Es ist nichts!", erklärte Houl, als er sich uns zuwandte. „Die Schwingungen sind auf null. Niemand kann uns hören."

„Ich musste die Fluggranate aufgeben!", erwiderte Fangar. „Aber niemand zweifelt daran, dass wir uns in Illa befinden. Die Affenmenschen, die zu unserer Verfolgung ausgeschickt wurden, sind über uns hinweggeflogen, ohne uns zu sehen. Alles ist gut ..."

„Ist der Krieg erklärt worden?", fragte ich den Ingenieur.

„Ja. Morgen werden siebenhundert Fluggranaten alle ihre Erstickungsbomben über Nour abwerfen. Und gleichzeitig werden weitere Maschinen, die von Luftkämpfern geflogen werden, einen Teil von Nour zerstören, indem sie dort ein wenig Nullstein abwerfen. Gadul ist es, der die Expedition anstelle von Fangar anführt, der sich außerhalb des Gesetzes gestellt hat."

„Und die Armee, wer befehligt sie?", fragte ich.

„Ihr, Seigneur Xié. Rair hat zumindest noch nicht bekannt gegeben, dass Ihr abgesetzt seid, und auch den Namen Eures Nachfolgers nicht genannt."

„Und Toupahou? Und meine Tochter Silmée, wisst Ihr etwas Neues?"

„Nichts. Aber was ich weiß, ist, dass Rair misstrauischer als je zuvor ist. Er kommuniziert mit dem Obersten Rat nur noch per Magnettelefon. Niemand darf die zentrale Pyramide mehr betreten. Und Limm hat seine Polizei vervierfacht, und deren Angehörige erhalten geheime und unerbittliche Anweisungen."

„Grosé, den ich heute Abend gesehen habe, hat mir erklärt, dass die Miliz in Illa bleibt und diese Nacht aufgrund der Angaben von Limm eine große Zahl von Hausdurchsuchungen vornehmen muss Selbst hier seid Ihr, Seigneur Xié, und Ihr, Fangar, keineswegs in Sicherheit. Es kann sein, dass Limm kommt!"

„Was also tun?", fragte ich.

„Ich sehe nur eine Möglichkeit, wenn Ihr damit einverstanden seid, sich ihrer zu bedienen, Seigneur Xié: *Euch in den Ställen zu verstecken.* Ich habe dort vor einem Jahr eine Art Nische anlegen lassen, die nur mir allein bekannt ist. Sie diente dazu, bestimmte Waffen einzulagern, mit denen ich mich versehen hatte … Denn zu jener Zeit fürchtete ich, bei Rair in Ungnade zu sein … Es scheint, dass ich mich getäuscht habe. Seit damals habe ich mir im Übrigen andere Verteidigungsmöglichkeiten ausgedacht, und das Versteck ist leer!"

„Gehen wir!", sagte ich.

Houl neigte ein klein wenig den Kopf. Er sah uns beide an, Fangar und mich, und nach einem Augenblick des Schweigens murmelte er:

„Kommt!"

Hinter ihm verließen wir das Büro, und über einen langen Gang kamen wir vor einer niedrigen Tür an, die breiter als hoch war. Houl öffnete einen Flügel davon.

„Da sind fünf Stufen!", warnte er uns.

In seinem Gefolge betraten wir einen unermesslich großen, länglichen Saal, wo ein grauenvoller Gestank nach Blut und nach Säure herrschte.

Ungefähr hundert Affenmenschen, bekleidet mit einem einfachen Schurz aus grobem Stoff, eilten unter der Anleitung von illianischen Vorarbeitern geschäftig um komplizierte Maschinen herum.

Pfeifgeräusche, das Schließen von Ventilen, Gluckern, Kollern vermischten sich und bildeten ein Miteinander, das dem Lärmen des Meers ziemlich gleichkam.

Vier Schläuche mit einem Durchmesser von ungefähr fünfzig Zentimetern waren horizontal auf beweglichen Gestellen angeordnet. Diese Schläuche, zu deren Ende die Leitungen führten, die das Blut aus den Schlachthäusern herbeibrachten, führten eine krampfartige Schluckbewegung aus. Sie zogen sich zusammen und wurden dünner, dann wieder dicker, und man konnte in gewisser Weise erahnen, wie das Blut sie füllte und in ihnen floss.

An dem Ende, das dem gegenüberlag, durch welches das Blut eintrat, endeten die Schläuche in einem wahren Wald von Kapillaren, die sich in riesigen roten Kugeln verloren, welche Milliarden von kleinen Löchern aufwiesen, in die es eine Stecknadel nur mit Mühe gepasst hätte. Diese Kugeln, die Schwammblöcken ziemlich ähnlich sahen, führten eine langsame Drehbewegung aus. Um sie herum drehten sich Zylinder in umgekehrter Richtung und berührten sie leicht. Und aus roten Schwämmen lief ein gelbe und dicke Flüssigkeit ähnlich dem Bernstein und fiel auf Glas- und Kupferscheiben, die sich mit der hohen Geschwindigkeit von mehr als zwanzigtausend Umdrehungen in der Minute drehten.

Auf jeder Seite jeder dieser Scheiben waren mit Radium beschichtete Metallplatten angeordnet, sodass sie einem wahrhaften Atombombardement ausgesetzt waren, das die Blutpartikel zersetzte und auflöste.

Andere Maschinen, die in langen Rohren aus einem glasähnlichen Material bestanden, fingen die so erzeugten Emanationen auf und beförderten sie in im Stockwerk darüber befindliche Kondensatoren, von wo aus sie mithilfe von physioelektrischen Strömen an die Illianer verteilt wurden.

Die Affenmenschen, alle wahre Kolosses, was leicht zu verstehen war, da sie zweifellos von den Ausdünstungen der geheimnisvollen Maschinen profitierten, bewegten sich um die Schläuche, die Schwämme und die Kondensatoren und öffneten Hähne oder betätigten Hebel, und all dies in einer fast absoluten Stille. Ihre platten und breiten

Gesichter drückten eine bestialische Ruhe aus. Sie drehten sich nicht einmal um, als wir vorbeigingen.

Ich stellte mir dieselben Maschinen mit Menschenblut vollgepumpt vor, und ein Schluchzer vor Entsetzen und Ekel drehte mir den Magen um.

6. Kapitel

Ich beobachtete den Ingenieur Houl. Er war gelassen, und als ob er uns vergessen hätte, richtete er eine Bemerkung an einen der technischen Aufseher.

„Achtung auf die Strahlen!", hörte ich ihn sagen. „Die Globuli zerfallen zu schnell, da gibt es Verluste. Ich werde mir Eure Diagramme nachher ansehen!"

Und er ging weiter, ohne auf die Erklärungen zu hören, die der Mann ihm zu geben versuchte.

Als wir am Ende des riesigen Saals angekommen waren, gingen wir durch eine Tür und gelangten in einen Raum mit Wänden aus Blei, wo sich ein Dutzend Affenmenschen unter der Leitung eines Vorarbeiters aufhielten. Mehrere parallel verlaufende Tröge, die mit Glashauben überdeckt waren, nahmen dort fast den ganzen Raum ein. Diese Tröge verbanden die Schlachthäuser mit den Blutmaschinen. Es waren diese Leitungen, in denen das Blut strömte.

Eine Temperatur von siebenunddreißig Grad und fünf Zehntel wurde dort mithilfe der Elektrizität ständig aufrechterhalten, sodass dem Blut seine natürliche Wärme blieb, bis es die Maschinen gelangte. Eine Überwachung war in jedem Augenblick erforderlich, um zu verhindern, dass das Blut sich erwärmte oder abkühlte. Außerdem liefen andere Ströme, deren Regelung das Werk der Weisen des Obersten Rates war, durch die Tröge und sorgten dafür, dass die roten Blutkörperchen ihre Lebenskraft nicht verloren. Dieses Blut strömte mit einer atemberaubenden Geschwindigkeit durch die Tröge, mit derselben Geschwindigkeit, über die es verfügte, als es durch Venen und Arterien der Affen und der Schweine floss, von denen es stammte.

Wir gingen weiter und erreichten über einen langen Gang die Ställe, wo Schweine und Affen getrennt gehalten wurden.

Alle befanden sich in einem ausgezeichneten Gesundheitszustand. Tierärzte maßen ihr Fressen, ihr Trinken, ihre Ruhezeit ab. Jeden

Morgen und jeden Abend wurden die Tiere, die noch weniger als vierzehn Tage zu leben hatten, das heißt, deren Opferung beschlossen und festgelegt war, sorgfältig untersucht, und ihr Blut wurde analysiert. Die Anzahl der roten Blutkörperchen, die es je Kubikzentimeter enthalten musste, wurde von den Physiologen und den Biologen des Obersten Rates je nach Jahreszeit peinlich genau festgelegt ...

Wir erreichten das Ende des Stalles und betraten eine Art Vorratsraum, der mit Obst, Gemüse und anderen eingeweckten Pflanzen angefüllt war, die für den Verzehr durch die Tiere vorgesehen waren.

Nachdem Houl die Tür wieder geschlossen hatte, um sicher zu sein, nicht beobachtet zu werden, verschob er einen Schrank und versetzte mithilfe eines in das Gesims eingelassenen beweglichen Backsteins ein Stück Wand in Drehung, um so eine geräumige Höhle oder besser gesagt ein richtiges viereckiges Zimmer mit einer Seitenlänge von drei Metern und einer Höhe von zwei Metern freizulegen, gerade genug, um aufrecht zu stehen. Aber man konnte sich dort ausstrecken, und das war für mich die Hauptsache.

„Die osmotischen Ströme durchqueren die Wände. Ihr lauft also nicht Gefahr, an Entkräftung zu sterben", erklärte uns Houl. „Ich werde Euch Matratzen bringen, sobald mir dies möglich ist. Im Übrigen muss Grosé von einem Augenblick zum anderen kommen. Vielleicht kann er Mittel und Wege finden, um unsere Pläne voranzubringen."

„... Morgen wird jedermann in Illa von dem Kriegszustand erfahren. Und ich denke, dass Rair die Gelegenheit nutzen wird, seine Erfindung bekannt zu geben und, damit ihre Begeisterung geweckt wird, den Illianern mitzuteilen, dass es nur von ihnen abhängt, ihre Existenz um ein Jahrhundert verlängert zu sehen ... ausgenommen natürlich diejenigen, die während dieses Krieges ersticken, dahingerafft, getötet, zerschmettert werden. Aber das muss überhaupt nicht gesagt werden, denn jeder erwartet, dass es der Nachbar ist, der umkommt! Ha! Ha!"

Houl stieß ein sarkastisches Hohngelächter aus, das mich die Augenbrauen hochziehen ließ. Noch einer dieser Weisen, die auf ihre Wissenschaft beschränkt sind und allgemeiner Vorstellungen entbehren. Er verstand nicht, dass jedes große Werk, ob gut oder schlecht, Opfer erforderte. Wenn ich den infamen Rair auch hasste und verabscheute, so vergaß ich dies jedoch nie.

„Bleibt also hier, und macht keinen Lärm", schloss der Ingenieur. „Ich verlasse Euch. Grosé kann von einem Augenblick zum anderen kommen.

Und ohne auf eine Antwort zu warten, ging er hinaus.

Das Stück Wand nahm wieder seinen Platz ein. Wir waren Gefangene, Gefangene eines Freundes, aber trotzdem Gefangene.

Jedenfalls konnten wir uns dort ausstrecken.

Seit Tagen und Tagen waren meine Beine nur eingeknickt gewesen. Ich ließ mich fast auf den Plattenbelag fallen, und genüsslich streckte ich meine zerschlagenen Beine aus.

Fangar nahm seinen Platz neben mir ein.

In der Dunkelheit unterhielten wir uns mit leiser Stimme. Ich legte dem Oberbefehlshaber der Luftkämpfer meine Pläne dar: Was immer auch die Neuigkeiten waren, die uns Grosé bringen würde, ich war fest entschlossen dazu, denn Kampf gegen Rair aufzunehmen, und das unverzüglich. Ich spürte mein Blut bei dem Gedanken kochen, dass der erbärmliche Greis meine Tochter in seiner Gewalt, dass er sie vielleicht ermorden lassen hatte!

Aber die Müdigkeit und die Erschöpfung sind stärker als der Kummer und die Unruhe. Ich schlief ein, ohne dass ich mir dessen bewusst wurde.

Eine heftige Erschütterung weckte mich auf.

Ich öffnete die Augen, ich richtete mich auf. Ingenieur Houl stand in Begleitung von Grosé, dem Kommandeur der Miliz, und des alten Foug, Mitglied des Obersten Rates, den ich Rair Paroli bietend gesehen hatte, vor mir.

„Steht auf, schnell!", schrie Grosé (er war es, der mich geschüttelt hatte). *„Rair will Euch sehen!"*

„Rair!", rief ich verblüfft aus und hielt mich für verraten. „Das ist ein Witz, denke ich?"

„Nein!", griff der alte Foug ein. „Rair lässt Euch suchen, aber nicht, um Euch Böses anzutun!... Ilg ..., Ihr wisst, der für Elektrogeräte zuständige Chefingenieur?"

„Ja."

„Er ist desertiert. Er hat sich einer Fluggranate bemächtigt und nach Nour begeben. Er hat ein Stück Nullstein bei sich, das er sich beschaffen konnte. Er hat seinen Coup seit langem vorbereitet! ..."

„Heute Abend! Er hat sämtliche Ströme ausgeschaltet, alle Schwingungen gestört. Er hat die Dreifachtür des Kellers aufgeschweißt und geöffnet, in dem der Nullstein aufbewahrt wird. Hielug ist dessen gewahr geworden. Es fehlt fast ein Kilo Nullstein ..., damit kann Illa vernichtet werden!"

„Und Ilg ist auf dem Laufenden, was unsere Pläne mit den Nourianern betrifft. Er kennt Rairs Erfindung. Er wird es nicht versäumen, den Nourianern zu offenbaren, dass wir die Absicht haben, sie dazu zu zwingen, uns mehrere Tausend der Ihren auszuliefern, um geopfert zu werden ... Houl weiß, wie!"

Houl machte einfach nur eine Kopfbewegung.

„Und Ilg versteht es, mit dem Nullstein umzugehen?", fragte ich.

„Nein ..., gewiss nicht!", versicherte der alte Foug. „Nur Rair kennt die genaue Anzahl der Kalorien, die erforderlich sind, um den Nullstein aufzulösen und die Aufspaltung der Materie in der Umgebung hervorzurufen. Aber mit Experimenten, mit Versuchen werden es die Nourianer herausfinden!"

„Ja, ich verstehe!", murmelte ich. „Aber was kann ich dabei tun, und was will Rair von mir?"

„Dass Ihr den Befehl über die Armee übernehmt und die Operationen leitet, die auch so schnell wie möglich erfolgen müssen, um den Nourianern nicht die Zeit zu lassen, das Geheimnis des Nullsteins zu lüften!"

Ich gab keine Antwort.

Nacheinander sah ich die Männer an, die mich umgaben. Vertrauen konnte ich dem alten Foug, Grosé, Houl.

Houl hatte mich versteckt. Grosé hatte Fangar dabei geholfen, mich fliehen zu lassen. Und wenn also diese Männer mich verraten gewollt hätten, hätten sie Rair nur mein Versteck nennen müssen, und während meines Schlafs hätte er mich leicht festnehmen können.

„Ich bin für mein Vaterland zu allem bereit!", sagte ich. „Aber es versteht sich, dass der hier anwesende Fangar wegen seiner Handlungen nicht zur Rechenschaft gezogen werden darf und mir weiterhin zur Verfügung stehen muss Er ..."

„*Wenn Xié bei mir erscheint, bin ich bereit, ihm alles zuzugestehen, was er verlangt, soweit er sich nicht selbst dessen bewusst ist, dass es unmöglich wäre!*" hat Rair gesagt.

„Und ich halte ihn für aufrichtig!", erklärte Foug.

„Rair ist aufrichtig, wenn es seinen Interessen dient!", antwortete ich. „Wie dem auch sei, ich bin bereit, mich zu ihm zu begeben!...""

„Ich werde Euch führen", machte Foug, „damit man nicht erfahren kann, woher Ihr kommt."

„Fangar soll mit mir kommen!"

„Wie Ihr wünscht! Folgt mir: Die Zeit drängt!", schloss der Alte.

Ich sah Fangar, Houl und Grosé an und verstand, dass sie vollständig einer Meinung mit Foug waren. Ich beugte mich und nahm Fangar am Arm.

Von Foug geführt, der die kleinsten Einzelheiten der Infrastruktur von Illa kannte, durchquerten wir zahllose Gänge, kamen an den alten Minen des Metalls par excellence vorbei, die jetzt aufgegeben waren, da sie erschöpft sind, und kamen schließlich auf die Terrassen hinaus.

Limm, der einige Schritte von dem Schacht entfernt stand, der den Aufzug enthielt, der uns hergebracht hatte, verneigte sich hämisch lachend vor uns:

„Das war wirklich nicht der Mühe wert, Seigneur Foug, sich so zu überanstrengen und mit Seigneur Xié einen Ausflug in die unterirdischen Gänge von Illa zu machen", sagte er in einem gleichzeitig spöttischen und respektvollen Tonfall. „Damit habt Ihr Zeit verloren und den Großen Rair zum Warten gezwungen. Ihr kommt von den Ställen und habt wirklich nicht den kürzesten Weg genommen!"

„Wenn dies eine Lektion ist, Maître Limm, hebt sie für die anderen auf, wir können mit Euren Phrasen nichts anfangen. Wenn der Große Rair Euch befohlen hat, uns nachzuspionieren, werden wir es erfahren. Andernfalls werden wir Eure Bestrafung wegen Eurer Handlungen verlangen. Ihr braucht uns nicht zu begleiten."

Limm verneigte sich ruhig. Er hatte der Schmährede des alten Foug zugehört, ohne mit der Wimper zu zucken. Er blieb unbeweglich stehen, während wir uns über die Terrassen zu der Pyramide des Großen Rates begaben.

Es mochte Mittag sein. Die Terrassen waren verlassen. Hier und da waren sie von großen Metallkuppeln überdeckt. Diese waren angebracht worden, um die Parabolspiegel, deren Aufgabe es war, die Wärme und das Licht der Sonne einzufangen und an die Kondensatoren zu befördern, vor Flugbomben zu schützen.

Wir betraten die Pyramide.

Ich bemerkte, dass die Wachmannschaft der Affenmenschen mindestens verdoppelt worden war.

Als wir oberhalb des Saals des Großen Rates angekommen waren, betraten wir einen Raum, der die Form eines sieben Meter hohen Zylinders mit einem Durchmesser von kaum zwei Metern aufwies.

Die beiden Polizisten, die uns geführt hatten, zogen sich zurück, während sich die Tür des Zylinders hinter ihnen schloss

Wir waren keine Gefangenen. Denn die Hälfte der Decke – ein Halbkreis – senkte sich langsam auf uns zu. Wir hatten nur gerade noch die Zeit, uns auf den unbeweglichen Teil zurückzuziehen.

Der Halbkreis setzte sanft auf dem Fußboden ab. Es handelte sich um eine Plattform, auf der wir Platz nahmen.

Wir hatten uns kaum darauf niedergelassen, als sie schon begann, sich anzuheben. Als sie stehen blieb, befanden wir uns in der Mitte einer kleinen Krypta mit leuchtenden Metallwänden, in der sich vier Affenmenschen aufhielten, die mit tödlichen Bomben bewaffnet waren.

Sie hatten ihre Befehle. Einer von ihnen drückte auf einen Metallknopf, der in die Wand eingelassen war. Eine Tür öffnete sich. Wir traten durch sie hindurch, kamen durch ein kleines leeres Vorzimmer, sahen eine weitere Tür, die sich vor uns einen Spalt öffnete, und gelangten schließlich in Rairs Büro.

Dies war das erste Mal, dass ich das Arbeitszimmer des Herrn von Illa betrat.

Ich spürte meine Müdigkeit nicht mehr, einmal, weil ich geruht hatte, und auch, weil ich dank der gewichtsaufhebenden Fußböden nur wenig Kraft aufwenden musste, um zu gehen.

Geräuschlos hatte sich die Tür hinter uns wieder geschlossen.

Wir waren allein mit Rair in einer Art Kasematte ohne Fenster, die nur von den Strahlungen kalten Lichtes beleuchtet wurde, die aus den Wänden austraten.

Rair saß auf einem kleinen Metallstuhl vor seinem Schreibtisch. Hinter ihm lagen in Regalen aus Hartstein unzählige Akten. An ihren Seiten waren unter Glas geschützt zahlreiche Aufzeichnungsgeräte installiert.

Mit ihrer Hilfe konnte Rair hören oder sehen, was in irgendeinem Teil von Illa gesagt wurde oder was dort geschah, ob dies nun in den Minen des Metalls par excellence, den Wohnungen oder den Blutmaschinensälen war. Hinter ihm angeordnete Ziffernblätter informierten ihn über die Funktion der zahllosen Maschinen, die das Leben in Illa und das der Illianer sicherstellten, ob dies nun die Blutmaschinen oder die Radiummotoren waren. Er wusste alles, war über alles auf dem Laufenden, ohne sich zu rühren.

Rair sah uns lange an, Fangar und mich.

„Ich bin kein Freund von Verrätern!“, sagte er zu Fangar. „Antwortet nicht. Ihr wart der Freund Xiés, aber Ihr wart auch der Oberbefehlshaber der Luftkämpfer von Illa. Und *dies* kam vor *dem*. Gehen wir darüber hinweg.“

„Ich brauche Xié, Illa braucht Xié. Foug hat Euch auf dem Laufenden gehalten, nehme ich an. Sehr gut! Illa kann auf Euch zählen, Xié? Es droht ihm eine tödliche Gefahr!“

„Die Ihr hervorgerufen habt!“, konnte ich mich nicht zurückhalten zu erwidern.

Rair zog unmerklich die grauen und buschigen Augenbrauen hoch.

„Wir sind nicht hier, um unsere Angelegenheiten zu regeln oder unseren Gefühlen und unseren Meinungen Ausdruck zu verleihen. Illa braucht all seine Kinder. Und ich habe an Euch gedacht, Xié. Das ist die Tatsache. Antwortet!"

„Ich stehe meinem Vaterland zur Verfügung."

„Ich verlange von Euch nicht mehr als das."

„Eure Tochter ist am Leben. Sie wird Euch zurückgegeben. Sie ist geheilt, und sie wird Toupahou, meinen Enkel, nach dem siegreichen Ende der Feindseligkeiten heiraten! Damit Ihr den Kopf frei habt!"

Ohne scheinbar meine Gemütsbewegung zu bemerken, drehte Rair sich um und ließ eines der Regale sich drehen, auf denen die Akten gestapelt waren.

Als er sich davon abwandte, gab das Möbelstück eine Tür frei. Diese öffnete sich. Silmée warf sich in meine Arme …

Rair hatte die Wahrheit gesagt. Meine angebetete Tochter war geheilt, aber die Ringe um ihre Augen, die Blässe ihrer Wangen sagten ziemlich viel über die schrecklichen Ängste, die sie ausgestanden hatte.

Toupahou hielt sich hinter ihr, ein etwas melancholisches Lächeln auf den Lippen.

„Keine Familienszene hier, Xié! Schickt diese Kinder zu Euch nach Hause; Ihr werdet sie nachher wiedersehen, und lasst uns den Schlachtplan entwerfen. Die Minuten, die vergehen, sind Jahrhunderte wert!"

Widerwillig bewunderte ich Rairs Kaltblütigkeit. Ohne zu antworten drückte ich mir mein Kind verzweifelt an die Brust.

… Schließlich gingen Silmée und Toupahou hinaus.

„Seid Ihr beruhigt, und können wir mit der Diskussion beginnen?", fragte mich Rair.

„Ja, ich denke …"

„Sehr gut. Fangar, geht hinaus, ich werde Euch zu gegebener Zeit wieder holen lassen. Foug, ich bedaure es, aber ich muss mit Xié allein sein, um mit ihm zu sprechen!"

Die beiden Angesprochenen gingen ohne ein Wort zu sagen durch die Tür, die sich automatisch vor ihnen geöffnet hatte.

Zwei Stunden lang unterhielten wir uns, Rair und ich.

Ich kann diesem Ekel einen Weitblick und eine Hellsichtigkeit nicht absprechen, die der Hölle würdig sind.

Ich legte ihm meine Pläne dar. Er erhob Einwände, zum größten Teil gerechtfertigte. Er nannte mir entsprechende Änderungen. Schließlich erzielten wir Einvernehmen.

Fangar und Foug wurden wieder hereingerufen. Rair legte ihnen unsere Beschlüsse dar, aber ohne auf Einzelheiten einzugehen, und er ließ bestimmte Pläne unerwähnt, von denen wir ein Wunder erwarteten.

Ich zog mich kurz darauf zurück, um alles für eine Blitzoffensive vorbereiten zu lassen.

In den Gängen der Pyramide traf ich Limm. Rairs Spion grüßte mich demütig. Es schien mir, dass er mir einen spöttischen Blick zuwarf.

Während des Rests des Tages musste ich überall zugleich sein, ohne dass mir ein einziger Augenblick blieb, um meine Tochter zu sehen.

In Begleitung Fangars ließ ich die Fluggranaten auf die Terrassen bringen und unter Zelten verbergen.

Ingenieur Houl setzte im Einklang mit Rairs Befehlen die beiden Reserveblutmaschinen in Betrieb, um die Krieger Illas überzuversorgen. Die Pastillen mit verfestigter Atemluft wurden in die Destillatoren gesetzt, sodass sämtliche Öffnungen verschlossen werden konnten, ohne dass die Bewohner Illas, die in den unteren Geschossen eingeschlossen waren, darunter zu leiden gehabt hätte.

Die großen Flugmaschinen, die erst nach der Wirkung der ersten Überraschung zum Einsatz kommen sollten, wurden vorbereitet. Und ich konnte endlich zu Silmée zurückkehren.

Ich sollte nicht lange bei ihr bleiben!

7. Kapitel

Ich traf mein Kind ausgestreckt auf einem Diwan liegend an. Ihre geröteten Augen, ihre blassen Wangen, die bittere Falte ihrer farblosen Lippen gaben mir zu verstehen, dass ein neues Unglück sie getroffen hatte. Ohne dass ich sie fragen musste, teilte sie mir mit:

„Toupahou!", murmelte sie. „Er ist gegangen … Er will versuchen, Ilg bei den Nourianern zu finden, um ihn zu töten und ihm den Nullstein wegzunehmen. Er wird nicht mehr zurückkommen! Ich fühle es!"

Ich zog die Augenbrauen hoch. Und während ich die arme Silmée an meine Brust drückte, fragte ich mich, warum Rair mir die Mission vorenthalten hatte, mit der er seinen Enkelsohn beauftragt hatte.

Aber ich konnte mich nicht meinen Gedanken hingeben: Silmée schluchzte heftig; ich brauchte all meine Überzeugungskraft, um sie ein wenig zu beruhigen.

Aber ich habe diese *Memoiren* nicht geschrieben, um meine Familienangelegenheiten zu schildern!...

Nachdem ich Silmée in der Gesellschaft einer der Schwestern ihrer Mutter verlassen hatte, bemühte ich mich, all diese Dramen zu vergessen, und dachte nur noch an meine Aufgabe.

Ich begab mich zum Lager der Affenmenschen, die mit der Bedienung der Fluggranaten beauftragt waren.

Sie hatten sich auf den Terrassen im Schutz der Zelte zusammengefunden, die Fangar aufstellen gelassen hatte. In Gruppen zu vieren oder fünfen ernährten sie sich auf widerliche Weise, wie es unsere Vorfahren taten, indem sie Stoffe aller Art in den Mund steckten: gebratenes Schweinefleisch, Pflanzen, verfaulte Milch[8] ... Und sie schienen eine große Freude bei dieser Nahrungsaufnahme zu verspüren. Ihre Augen glänzten. Sie zerkleinerten die widerlichen Dinge, die sie in ihren geschlossenen Mündern hatten, sodass sie einen ekelhaften Brei bildeten, den sie gierig hinunterschluckten.

Grunzlaute, Gluckser der Zufriedenheit waren zu hören. Und zu denken, dass sich nur einige Jahrhunderte vor meiner Geburt die Illianer, die Menschen, mit so abscheulichen Praktiken am Leben hielten! Dank der Blutmaschinen konnten wir glücklicherweise diese rohen Gewohnheiten aufgeben, die uns auf die Stufe von Schweinen degradierten.

Ich fand Fangar von den wichtigsten Ingenieuren der Luftkämpfer umgeben vor, die gerade die Fluggranaten eine nach der anderen untersucht hatten.

Alle waren einsatzbereit und in der Lage, mehrere Tausend Kilometer zurückzulegen, ohne dass sich eine einzige Schraube lockerte. Die Elektromaschinen, welche die Aufgabe hatten, die Strahlungen zur Betätigung ihrer Motoren an sie zu senden, drehten sich schon. Es musste nur ein Schalter umgelegt werden, damit die von den Detektoren abgegebene Energie die Lüfte füllte.

Hielug war dort. Es schien mir, dass ich Spuren von Fett auf seinem groben Gesicht sah. Die widerwärtige Person musste sich, wie man dies vermuten konnte, für die Affenmenschen vorgesehene Nahrung geben gelassen und eine große Menge davon verschlungen haben.

---

8 Alles deutet darauf hin, dass Xié damit Käse meinte. (Anm.d.Verf.)

Die Würfel waren gefallen. Nichts konnte das Schicksal Illas mehr verändern.

Um drei Uhr morgens erhoben sich hundertfünfzig Fluggranaten in die Lüfte. Jede von ihnen führte eine Trümmerbombe mit, die allein schon in der Lage war, eine Stadt zu versenken.

Die schrecklichen Maschinen glitten geräuschlos in den mit Sternen übersäten Himmel nach Norden – in die Richtung von Nour.

Die Affenmenschen, die sich an Bord befanden, wurden geopfert. Sie wussten nicht, dass die Bomben, die sie über Nour abwerfen sollten, nach dem Willen Rairs sie selbst in die Luft jagen würden, der, sobald er den Augenblick für gekommen hielt, eine elektrische Entladung auslösen würde, die dann die Explosion der Bomben hervorrief.

Tatsächlich konnte Rair mithilfe von Schwingungsschreibern jederzeit die genaue Position der Flottille der Fluggranaten erfahren. Sobald sie sich über Nour befand, würde er die Explosion der Bomben auslösen, die sie mitführten.

Keine der Fluggranaten sollte zurückkehren.

Keine einzige kam zurück. Wie wir dann erfuhren, hatten sich Rairs Berechnungen als richtig erwiesen. Als die Fluggranaten über Nour angekommen waren, explodierten sie alle zusammen. Die Erschütterung der Luft war so heftig, dass Nour vollständig vernichtet wurde …

Aber es war seiner Einwohner entleert. Ilg hatte Zeit gehabt, Houno, den König von Nour, zu warnen, und er hatte die Stadt evakuieren lassen.

Wir warteten auf den Gegenschlag; die Fluggranatengeschwader der Reserve, die Divisionen großer Aerionen hielten sich bereit, um aufzusteigen.

Dank seiner Aufzeichnungsgeräte erfuhr Rair sofort von der Vernichtung Nours – oder besser gesagt, seiner Häuser.

Im Laufe des Vormittags wurde die Luftflotte der Nourianer gemeldet. Die Fluggranaten wurden ihr entgegengeschickt.

Die Affenmenschen, die sie bemannten, tranken jeder, bevor sie in ihren Apparaten Platz nahmen, eine von Hielug zubereitete Flüssigkeit, die sie trunken machte und die bei ihnen damit jedes Gefühl für Gefahr unterdrücken würde.

Die Nourianer waren nur noch einige Kilometer von Illa entfernt, als die Granaten in die Luft stiegen.

Mit Fangar hielt ich mich in einem gepanzerten Unterstand am Sockel der Pyramide des Großen Rates auf und sichtete von dort die Aerionen von Nour.

Diese waren beinahe unsichtbare riesige Kugeln; man hätte sagen können, sie wären aus bläulichem Glas. Sie verschwammen fast mit dem Himmel, der von den ersten Strahlen der Sonne erhellt wurde, die sich noch unter dem Horizont befand.

Aber diese Kugeln *flatterten* auf irgendeine Weise. Sie zitterten wie Seide, die vom Wind bewegt wird. Den Nourianern war es wohl gelungen, einen Stoff zu entdecken und herzustellen, der die Lichtstrahlen durchließ, aber sie hatten es nicht geschafft, die Schwingungen zu unterdrücken, die ihre Maschinen antrieben und sie dank eines Refraktionsphämomens sichtbar machten.

Die Fluggranaten, die je nach der Lage, die von ihnen gegenüber den Beobachtern eingenommen wurde, abwechselnd Linsen, Spindeln oder Kugeln glichen, glitten in einem schwindelerregenden Tempo auf die Maschinen der Nourianer zu. In ihrer Vorwärtsbewegung beschrieben sie lange gekrümmte Linien, als ob sie vom Seegang des Ozeans getragen würden ...

Trotz der unmittelbar bevorstehenden Gefahr, trotz der strengen Befehle Rairs war die Bevölkerung von Illa fast vollzählig auf die Terrassen geströmt. Alle waren davon überzeugt, dass die Maschinen der Nourianer vernichtet würden, bevor sie nahe genug wären, um gefährlich zu werden.

Ein tosender Jubel ertönte: Die Fluggranaten waren auf die Maschinen von Nour getroffen.

Dumpfe, kaum wahrnehmbare Explosionen waren zu hören. Die Fluggranaten zerbarsten inmitten der Aerionen der Nourianer!

Die Sonne war gerade aufgegangen.

Als ihre Strahlen auf die Überreste der Maschinen der Nourianer trafen, ließen sie Blitze am blassen Himmel aufsteigen. Man hätte gesagt, dass ein Regen gigantischer Glassplitter auf die Erde niederging. Und inmitten dieser leuchtenden Bruchstücke bildeten die Überreste der Fluggranaten schwärzliche Flecken. Es war dies wie ein Feuerwerk, das am helllichten Tag abgebrannt wurde. Und die Maschinen der Nourianer trafen weiterhin ein, und die Fluggranaten explodierten immer noch.

Auf meinen Befehl hin schickte Fangar ein zweites Geschwader von dreihundert Granaten hinaus.

Die Affenmenschen, die sie bedienten, waren betrunken, tollwütig. Ihre Geräte torkelten, beschrieben heftige Zickzacklinien in dem blauen Himmel. Aber trotz ihrer Trunkenheit behielten die Affenmenschen ein noch genügend klares Bewusstsein, um ihre Maschinen zu lenken.

Sie stürzten sich instinktiv auf den Feind zu.

Rair hatte sie mit Brillen ausstatten lassen, die das Spektrum des Lichtes in seine Bestandteile zerlegte. So erkannten sie deutlich die Aerionen von Nour.

Die Explosionen folgten dicht aufeinander. Wir konnten sie nicht hören, aber wir spürten, wie der Boden unter uns vibrierte, und unsere Ohren klingelten ohne Unterlass infolge der Erschütterung der Atmosphäre.

Nur ein halbes Dutzend Aerionen entkam ... Sie gingen in der klaren Luft auf und verschwanden.

Und drei Fluggranaten kamen nach Illa zurück. Die Vorrichtungen, die sie zur Explosion bringen sollten, hatten nicht funktioniert. Die Affenmenschen, die sie bemannten, stürzten tobsüchtig aus den Maschinen heraus. Man musste sie erschießen. Auf den Terrassen von Illa war die Begeisterung auf ihrem Höhepunkt.

Das war sie umso mehr, als Rair mit einem elektrischen Sprachrohr seine wundervolle Erfindung verkünden ließ. Die Illianer erfuhren, dass die biologischen Maschinen, die von nun an mit dem Blut der Nourianer versorgt wurden, ihr Leben um ein Jahrhundert verlängern würden.

Alte Männer, welche die Last ihres Alters vergaßen, Mitglieder des Obersten Rates hoben zu tanzen an. Unglückliche, einäugige oder blinde, kranke Menschen, die an schrecklichen Krankheiten litten, sangen und umarmten sich. Es war, als ob ein Wind des Wahnsinns über Illa hinwegfegte.

Elende, die von unbeschreiblich scheußlichen Krankheiten befallen und von den Ärzten aufgegeben worden waren, menschliche Wracks, die nur noch in Leiden und Schmerzen bestanden, sah ich lachen, frohlocken. Ich verstand, wie sehr der Mensch am Leben hängt!...

Sie ahnten nicht, diese armen Dementen, dass dieses grauenvolle Leben, das sie dank Rairs noch lange zu erhalten hofften, ihnen genommen würde, und das innerhalb eines äußerst kurzen Zeitraums.

Rair hatte indessen sofort den Obersten Rat zusammentreten lassen. Ich nahm an der Sitzung teil. Ich wurde beglückwünscht. Aber der echte Triumphator, das war Rair. Er hörte sich unbewegt die übertriebenen Lobpreisungen der Alten des Rates an. Vor allem diese waren angesichts des Sieges glücklich, den sie hofften sehr darauf, dass das Blut der Nourianer ihr Dasein verlängern würde ...

Nachdem Rair herablassend – aber das war vielleicht nur eine Attitüde – die Reden seiner Kollegen des Rates angehört hatte, verkündete, dass man den Nourianern ein Ultimatum zukommen lassen musste, um sie aufzufordern, sofort fünftausend Gefangene als Geiseln zu übersenden.

„Wir werden damit beginnen, sie zu opfern", erklärte er, „und gleichzeitig werden wir den Nourianern eine zweite Niederlage bereiten. Wenn diese genug in Verzweiflung versunken sind, werden wir ihnen die Wahrheit mitteilen …"

„Ich denke, dass Ilg sie schon darüber informiert haben muss, was wir von ihnen erwarten!", warf der alte Foug ein.

„Das kann sein", sagte Rair herablassend. „Aber was ist Ilg? Ein Deserteur, ein Verräter. Man wird seine Worte für Übertreibungen halten. Um geglaubt zu werden, muss die Wahrheit von bestimmten Stimmen verkündet werden. Erst wenn ich, Rair, den Nourianern das Schicksal bekannt gebe, das sie erwartet, werden sie verstehen, dass ihr Schicksal besiegelt ist."

„Sie werden mit Leidenschaft kämpfen. Die Niederlage, die sie gerade erlitten haben, und diejenigen, die sie erwarten, werden ihre Entschlossenheit erschüttern. Ich werde ihnen zu verstehen geben, dass es besser für sie ist, einige Tausend Männer zu opfern und sich mit uns zu arrangieren, als Zehntausende auf dem Schlachtfeld zu opfern beziehungsweise ihre Nation fast vernichtet zu sehen und dann gezwungen zu sein, sich zu unterwerfen."

„Nour liegt bereits in Trümmern. Wir werden jetzt die anderen Städte wie zum Beispiel Aslur und Kisor angreifen. Aber ich denke nicht, dass es notwendig sein wird, so weit zu gehen."

„… Inzwischen werdet Ihr, Xié, Männer in ausreichender Zahl hinschicken, um einzusammeln, was von den Nourianern noch übrig ist. Ihr Tod ist noch nicht lange her. Mithilfe geeigneter Reagenzien könnte ich mich zweifellos ihres Blutes bedienen, um eine der Maschinen zu versorgen. Das ist dann einmal ein Anfang."

„Lasst die Flotte der großen Maschinen aufsteigen, um Aslur zu zerstören. Ich werde jetzt gleich meine Botschaft an Houno schicken, den König von Nour …"

Die Sitzung war zu Ende. Ich führte Rairs Befehle aus.

Ungefähr hundert Männer bestiegen Flugmaschinen und begaben sich auf das Schlachtfeld. Sie kehrten am Abend zurück und brachten einige Dutzend Leichen und einen Haufen menschlicher Überreste mit, die von durch die Explosionen und die Abstürze zerfetzten Körpern stammten …

Die Ankunft der Flugmaschinen mit ihrer düsteren Ladung löste bei den Illianern einen erneuten Begeisterungssturm aus … Ich sah junge Mädchen und Frauen, die sich den Aerionen näherte und die blutenden, zerfetzten, deformierten Leichen betrachteten, die sie mit Zufriedenheit, mit Wonne betrachteten!... Ja. *Dieses Menschenfleisch stellte Jahre des Daseins dar.* Mein Herz schlägt deswegen noch immer heftig!

Nachdem ich meinen verschiedenen Kommandeuren meine detaillierten Anweisungen erteilt hatte, suchte ich Silmée wieder auf.

Dem armen Kind war es gelungen, sich ein wenig zu beherrschen. Aber ich spürte sehr wohl, dass sich die Unruhe und die Verzweiflung ihre Seele teilten. Ich log, um sie zu beruhigen, und erklärte ihr, Toupahou würde nichts riskieren, da er in Wirklichkeit von Rair als Botschafter zu den Nourianer geschickt worden wäre.

Silmée zeigte ein ungläubiges Lächeln. Sie schüttelte den Kopf und umarmte mich zärtlich. Und ich spürte sehr deutlich, dass sie mir nicht glaubte.

Ich verließ sie. Ich wollte ein wenig ausspannen. Ich hatte Rair nicht nach Neuigkeiten von Toupahou gefragt. Der elende Kerl hätte mich angelogen. Wozu dann also?

Gegen neun Uhr abends spürte ich plötzlich, dass meine Müdigkeit schnell verging. Es war, als wären mir neue Kräfte eingeflößt worden. Ich hatte meine Kraft von zwanzig Jahren wiedergefunden. Mit hellem Kopf, frisch und klar musste ich mich zurückhalten, um nicht zu singen. Aber dann überlief mich ein Schauder: *Ich hatte mich daran erinnert, dass dies die Uhrzeit war, zu der die Blutmaschinen ihre nährenden Ausdünstungen ausstießen ...* Ich verstand. *Dieses Wohlbefinden, das verdankte ich dem Blut der Nourianer, dem Blut von meinesgleichen, von Menschen wie mir!* Ich ekelte mich vor mir selbst ...

Um zwei Uhr morgens musste ich die zweite Fluggranatenkolonne starten lassen. Ich versuchte, ausgestreckt unter meinem Zeltdach am Fuße der Pyramide des Großen Rates etwas auszuspannen. Die Terrassen waren verlassen, da Rair der Bevölkerung den Befehl erteilt hatte, sich in ihre Wohnungen zurückzuziehen. Es herrschte die vollständigste Ruhe. Die Affenmenschen schliefen. Wache hielten nur die Wachposten, die vor den Warngeräten aufgestellt waren ...

Ich begann, vor mich hin zu dösen, als ein schreckliches Geschrei erklang. Aus den Öffnungen in den Metallkuppeln, mit denen die Schächte überdeckt worden waren, die zu den Häusern von Illa führten, strömten Hunderte und Aberhunderte von Männern, Frauen, Kindern, Alten, die ganze Bevölkerung von Illa und schrie vor Schrecken und Entsetzen.

Die erbärmlichen Menschen, die verrückt geworden zu sein schienen, stürzten nach allen Seiten davon. Dies war eine echte Flucht!

Ich konnte gleich darauf sehen, wie sie sich gegenseitig auf den Terrassen zu Boden rissen, sich dort wie Würmer krümmten und kurz danach unbeweglich, tot liegen blieben.

Die Affenmenschen in den Fluggranaten, die von den Schreien geweckt wurden, trugen mit ihrem Geschrei noch zu dem der Menge bei … Und aus den Öffnungen in den Kuppel strömten weiterhin unzählige Flüchtende heraus … Es kamen da Hunderte und Aberhunderte, Tausende und Abertausende. Alle schrien, rannten, stolperten, krümmten sich und verschieden …

Was war los?

Der Himmel war klar. Die Sterne funkelten. Nichts in Sicht …

Ich rief Grosé, den Kommandanten der Miliz, der sich unter einem Zeltdach nicht weit entfernt von meinem eingerichtet hatte. Er war wach: Man hätte ihn nicht zu wecken gebraucht!

Ich traf ihn an, wie er einen großen Mann schüttelte, ihn anschrie und nach der Ursache seines Entsetzens fragte.

Aber als ich gerade Grosé ansprechen wollte, riss sich der Mann los, stieß einen Fluch aus und stürzte zu Boden. Er verschied fast sofort.

„Eure Milizionäre! Man muss klären, was da geschieht, und die Ordnung wiederherstellen", befahl ich Grosé. „Schnell! Wenn die Nourianer kämen, wären wir verloren!"

„Ja … Ihr … habt recht!", stammelte der Kommandant der Miliz.

Ich überließ es ihm, die Luftkämpfer zusammenzutrommeln, die hinter der großen Pyramide kampierten.

Und während ich weiterlief, überfiel mich ein schrecklicher Gedanke: Die Illianer waren von den Ausdünstungen des Menschenblutes verrückt gemacht wurden, welche die Maschinen erzeugten!

Die Wahrheit war noch schlimmer!

8. Kapitel

Ich war noch mehr als hundert Meter von der Pyramide entfernt, als ich aus einem der Schächte, die an ihrem Fuß endeten, eine Gruppe Affenmenschen herauskommen sah, die von Limm angeführt wurde, Rairs Spion.

Sie waren mit Stöcken bewaffnet, die aus einer Legierung von Kristallglas und Kupfer bestanden und in einem isolierenden Griff endeten. Diese Stöcke waren wahre Akkumulatoren. Die Affenmenschen mussten damit nur diejenigen berühren, die sie bekämpfen sollten. Gleichzeitig drückten sie einen in dem Griff verborgenen Knopf.

Sogleich floss ein Strom von mehreren Tausend Volt durch den Unglücklichen, der ihn an Ort und Stelle dahinraffte.

Gewiss, die Lage musste ernst sein, wenn Rair – denn Limm konnte nur auf Befehl des Weisen handeln – wenn Rair nicht gezögert hatte, dieses schreckliche Mittel einzusetzen.

„Was ist los?", schrie ich Limm an.

Er antwortete mir nicht. Auch er war mit einem Elektrostock bewaffnet. Und in der Nacht konnte ich den schwachen gründlichen Schein sehen, der von ihm ausging.

Die Affenmenschen kamen indessen weiterhin aus der Pyramide hervor.

Und in einigen Minuten hatten sie sämtliche Öffnungen in den Kuppeln besetzt, welche die Schächte von Illa schützten.

Illianische Offiziere – die der Miliz angehörten – befehligten sie. Sie dirigierten die Flüchtenden, die weiterhin aus den Schächten strömten. Die schreienden, torkelnden, von panischer Angst ergriffenen Erbärmlichen erkannten dennoch die schrecklichen Affenmenschen mit ihren Elektrostöcken. Gefügig ließen sie sich in Gruppen auf den Terrassen zusammenpferchen.

In diesem Augenblick stieß Grosé wieder zu mir.

„Rair will Euch sehen! Kommt!"

Ich fragte nicht nach Erklärungen. Wir eilten quer durch die Sterbenden und die Toten.

Einige Augenblicke später erreichte ich das Krankenrevier der Luftkämpfer, eine riesige Krypta, die in der Pyramide des Rates liegt und in das man über einen hohen Gewölbegang gelangt, der mit einer Metalltür verschlossen ist.

Rair war dort. Um ihn herum auf Betten, in Hängematten, auf dem Porzellanboden lagen Hunderte und Aberhunderte von Illianern –

alles, was Illa an Reichen, an Berühmten, an Mächtigen zu bieten hatte
– ausgestreckt und röchelten. Wenigstens diejenigen, die nicht tot
waren. Denn die Sanitäter kamen nicht damit nach, die Leichen von
den Plätzen wegzuschaffen, wo sie lagen, um andere arme Menschen
dort unterzubringen, die auch fast sogleich verschieden …

Von Panik ergriffene Ärzte rannten von einem Bett zum anderen,
ohne zu wissen, wo ihnen der Kopf stand, herrschten sich gegenseitig
an, antworteten planlos, schrien beruhigende Sätze, die niemand hörte.
Und der gräuliche Schimmer, der von der Leuchtdecke ausging, verstärkte noch den Horror dieser Szene.

Ich kam vor Rair an.

„Greift an, sofort! Und lasst die Elektrobohrmaschinen kommen!...
Es muss sofort ein sieben- bis achthundert Meter tiefer Graben um Illa
ausgehoben werden. Das Wasser des Appa soll ihn füllen!"

„Aber was ist denn eigentlich los?", fragte ich gereizt.

„Ihr hab es nicht begriffen?", lachte Rair hämisch. „Einfach. Die
Nourianer sind uns in den Lüften unterlegen. *Sie haben uns unter der
Erde angegriffen."*

„Mehrere Hundert Stahlbohrer haben uns eingekreist. Ich habe
einige Überlebende gefragt. Ich weiß Bescheid. Diese Bohrer sind auf
der Höhe der unteren Stockwerke der Häuser von Illa angelangt."

„Wir verdanken das dem Verräter Ilg, der die Nourianer informiert
hat! Und sie haben Erstickungsgase in die Häuser eingeleitet!"

„Unsere Mitbürger, die ihr wie Ratten fliehen gesehen habt, wurden
wie Ratten im Schlaf erstickt."

„Die Bahn der Bohrer muss unterbrochen werden, sie müssen
daran gehindert werden, sich wieder zurückzubewegen. Dazu sind die
Gräben notwendig … Beeilung. Wenn die Bohrer die Minen erreichen,
wäre Illa verloren. Tut Euer Bestes: Ihr habt alle Vollmachten! Auf, und
macht schnell!"

Ich verneigte mich, aber trotz meines Patriotismus konnte ich nicht
anders, als an Silmée zu denken. Silmée! Meine Tochter! Vielleicht lag
sie tot, erstickt in ihrem Zimmer. Und nichts zu wissen! Nichts wissen
zu können!

Ich verließ wie ein Verrückter die Pyramide des Rates.

In den Gängen bewegten sich noch immer nicht enden wollende
Schlangen von dem Tode geweihten Menschen und lagen unzählige
Tote.

Mit fast jedem Schritt musste ich über einen Leichnam hinweg-
steigen. Die überlasteten Krankenpfleger, die in Panik waren, machten
sich nicht mehr die Mühe, die Leichen hinauszubringen, und sie

hatten auch gar nicht mehr die Zeit dazu, denn von allen Seiten rief man nach ihnen.

Ich erreichte die Terrassen.

Nachdem mir mein Ordonnanzoffizier, Killi, ein tragbares Telefon gebracht hatte, erteilte ich meine Befehle. Mit dichten Masken versehene Chemiker stiegen in die Häuser hinab. Sie kamen zurück und brachten Proben des Erstickungsgases der Nourianer mit. Wenn man ihnen ihre Maske abnahm, zeichnete sich das Grauen auf ihrem Gesicht ab. Niemand fragte sie danach, was sie gesehen hatten, man verstand es auch so!

Während sie rasch die Gasproben analysierten, wurde Maschinen eilig an die Peripherie der Häuser von Illa gebracht. Mehrere Hundert Bagger und Bohrmaschinen wurden in Betrieb gesetzt. Schwimmbagger schafften das ausgehobene Material weg. Ein dreihundert Meter breiter Graben wurde mit einer unheimlichen Geschwindigkeit ausgehoben. Sämtliche verfügbaren Dynamos waren in Gang gesetzt worden und erzeugten eine Energie von mehreren Millionen Kilowatt.

Nachdem ich mich vergewissert hatte, dass jedermann auf seinem Posten war und dass ich nichts Besseres mehr tun konnte, um die Arbeiten voranzubringen, und nachdem ich Fangar an der Spitze von siebenhundert Aerionen und zweitausend Fluggranaten zu den Nourianer ausgesandt hatte, beschloss ich, meine Tochter aufzusuchen, wenn dies noch möglich war. Den Kopf von einer Gasmaske umschlossen, die von Tabletten verfestigter Luft versorgt wurde, und mit einer zweiten Maske, die auf meinem Rücken hing (die für Silmée bestimmt war ..., falls ich sie finden würde), nahm ich in einem der letzten Aufzüge Platz, die noch intakt waren.

Tatsächlich waren fast alle von den elenden Flüchtenden zerstört, außer Betrieb gesetzt worden. In ihrer Eile, auf die Terrassen zu gelangen, dem Erstickungstod zu entkommen, hatten sie sich an den Rändern der Schächte und in den Aufzügen unerbittliche Kämpfe geliefert. Das Fahrzeug, das ich betrat, triefte vor Blut. Menschliche Überreste hingen an den Kabeln und den Bedienungselementen.

In Begleitung von vier mir ergebenen Offizieren fuhr ich hinunter.

Wir kamen langsam an den höheren Stockwerken vorbei, wo die Dienstboten wohnten. Im Vorbeifahren konnten wir die Treppenabsätze, die Gänge erkennen, die mit Trauben von zerfetzten Leichen überhäuft waren. Halbnackte Frauen, Kinder, Männer, das Gesicht von der Wut und dem Entsetzen verzerrt. Ich erkannte Freunde, Verwandte. Ich nahm den offenen Schädel eines meiner Cousins wahr. Und die

Sonnenlichtstrahler, die ihren Betrieb nicht eingestellt hatten, beleuchteten diese grauenhaften Szenen mit einem bleichen Glanz.

Schließlich kamen wir vor meiner Wohnungstür an. Sie war verschlossen.

Ich öffnete sie. Ich eilte wie ein Irrer durch die Räumlichkeiten und erreichte das Zimmer meiner Tochter. *Es war leer.* Aber das zerwühlte Bett wies darauf hin, dass Silmée geflohen war …, zu fliehen versucht hatte … Zweifellos lag sie niedergetrampelt, erstickt, unkenntlich unter den Haufen ebenso unglücklicher Toter wie sie.

Idioten, die wir sind! Ich lief immer wieder durch die Wohnung, einmal, zweimal, zehnmal …, wie ein gehetztes Tier. Ich wusste, dass das Unvermeidliche geschehen war. Ich wollte es nicht wahrhaben.

Zwei meiner Offiziere zogen mich zum Aufzug hin. Ich wehrte mich, folgte ihnen schließlich aber doch, da ich mich meiner Pflichten gegenüber dem Vaterland erinnerte.

Wir waren nur wenige Meter vom Treppenabsatz entfernt, als uns ein starkes Knarren umdrehen ließ. Wir hatten nur noch die Zeit, uns zurückzuwerfen, um es zu vermeiden, von der einstürzenden Wand zerquetscht zu werden …

Um uns herum stürzten Ziegelsteine und Zementbrocken mit Getöse zu Boden. Durch die klaffende Öffnung erschien die Stahlschnauze eines Erdbohrers, dann die ganze Maschine. Er hatte die Form eines kurzen Torpedos, drei Meter lang und mit einem Durchmesser von zwei Metern. Das vordere Ende war mit einer Kurbelwelle aus Metall versehen.

Sie drehte sich mit einer wahnwitzigen Geschwindigkeit und schleuderte die Trümmerstücke um sich durch die Luft, während sich die Stahlwindung, die den Erdbohrer umgab, langsamer drehte und sich in gewisser Weise in die Wände schraubte, wie sich eine Schiffsschraube im Wasser dreht. Ihre scharfe Schneide glänzte wie eine Sense ohne Ende.

Ein kaum wahrnehmbarer Dampfstrahl schoss aus der Spitze der Kurbelwelle heraus: das tödliche Gas.

Ein gleißender bläulicher Schein drang durch den transparenten Ring, der die Kurbelwelle umgab und mit dem, wie ich später erfuhr, die Nourianer, die das Gerät bedienten, dieses lenkten.

Der gewaltige Erdtorpedo drang indessen immer noch vor und bahnte sich einen Weg durch die Steinblöcke, die seine Stahlwindung zerkleinerte.

Er neigte sich plötzlich nach rechts auf uns zu. Wir waren gesehen worden.

Mit einer Handbewegung befahl ich meinen Männern, sich auf den Boden zu werfen.

Mein Zorn und meine Wut waren auf ihrem Höhepunkt. Silmée retten und sterben!

Ich hatte für alle Fälle auch eine Sprengbombe mitgenommen. Ich wandte mich wieder dem Stangenbohrer zu und schleuderte ihm mit aller Kraft mein Wurfgeschoß entgegen.

Durch die von der Explosion hervorgerufene Erschütterung wurde ich wie ein Strohhalm hochgehoben und gegen den Schutt einer Wand geschleudert. Der Aufprall war so heftig, dass ich das Bewusstsein verlor. Es schien mir, dass alles um mich herum einstürzte, und das war alles …

Fast sogleich war ich dann wieder bei Sinnen. Meine Gasmaske hatte standgehalten und mich geschützt. Abgesehen von einigen Prellungen war ich unverletzt. Meine Offiziere waren verschwunden. Ich gewahrte die Füße eines von ihnen, die unter einem Stück Mauer hervorragten. Ich verstand, dass sie alle zerschmettert worden waren.

Die Gewölbedecke hatte widerstanden. Durch ihre Ritzen waren die Drähte aus flexiblem Glas zu erkennen, welche die Helligkeit verteilten. Sie hatten gehalten.

In ihrem Licht gewahrte ich den umgestürzten Erdbohrer, in zwei Teile zerrissen und zertrümmert. In seinem Innern erkannte ich gewaltige Pleuelstangen, Reibkegel, Zahnräder, alles kurz und klein geschlagen und mit unförmigen menschlichen Überresten vermischt.

Ironie des Schicksals: Ich stellte fest, dass die Mitte der Maschine an der bauchigsten Stelle des Torpedos standgehalten und dass sie es war, die das Gewölbe abgestützt hatte! Damit hatten unsere Feinde, als sie starben, mich sozusagen gerettet!

Torkelnd bahnte ich mir einen Weg durch die Trümmer und erreichte, ohne recht zu wissen wie, den Aufzugschacht.

Der Aufzug selbst war unbenutzbar. Die Explosion hatte die Stahlführungen verdreht. Es war unmöglich, wieder hinaufzukommen, wenn ich es nicht mit meinen eigenen Kräften versuchte.

Nun fühlte ich mich aber äußerst schwach. Mein Blut brummte in meinen Arterien so heftig, dass ich dachte, meine Maske müsse einen Riss haben. Aber ich hatte weder die Zeit noch die Kraft oder die Möglichkeit, mich dessen zu vergewissern. Außerdem hätte ich sie nicht reparieren können …

Um es mir leichter zu machen, warf ich die Atemmaske weg, die ich mitgebracht hatte, um Silmée damit auszustatten. Dann nahm ich alles zusammen, was mir noch an Kraft blieb, und machte mich daran, auf die Terrassen zurückzukehren.

Ich schaffte mich an die Sicherheitsseile geklammert nach oben und machte mir dabei die Risse in den Wänden des Schachtes zunutze. Schließlich gelang es mir, mehrere Stockwerke zu überwinden, und als ich bis auf ein Dutzend Meter an die Öffnung des Schachtes herangekommen war, legte ich meine Maske ab und konnte mich bemerkbar machen.

Man warf mir Stricke hinunter. Ich hielt mich daran fest. Man hievte mich auf die Terrasse, wo ich einige Augenblicke lang kraftlos und verstört liegen blieb, ohne die Wesen zu erkennen, die sich um mich herum bewegten. Schließlich richtete ich mich auf und entledigte mich meiner Maske, die noch auf meiner Brust hing.

Um die Terrassen gingen die Arbeiten verbissen weiter. Das Quietschen der Zahnräder, das Pfeifen der Radlader, das Dröhnen der Schwimmbagger bildeten einen wahren Höllenlärm.

Ich ließ mich in eine der *Regenerationskabinen* bringen, wo ich konzentrierten Strömen ausgesetzt wurde, die mir meine Kräfte wiedergaben. Wider meinen Willen dachte ich daran, dass die rettenden Ausdünstungen jetzt von dem Blut der Nourianer stammten, von dem Blut von Menschen wir mir!

Hatte Rair recht? Ich musste gestehen, dass mit dem alten System, mit dem Blut von Tieren, niemals so schnell meine Lebensgeister wieder geweckt worden wären …

Aber die Blutmaschinen konnten nichts für mein Gemüt tun, wenn sie auch dazu in der Lage waren, meine Gewebe zu regenerieren. Das Bild Silmées bedrückte mich, meines einzigen Kindes, das zerschmettert, zerquetscht in den Tiefen der Erde ruhte.

Es gelang mir, mich zu beherrschen, die moralischen Qualen zu unterdrücken, die mich peinigten, und telefonisch erstattete ich Rair Bericht darüber, was ich gesehen hatte. Ich übermittelte ihm Einzelheiten des Erdbohrers, den ich vernichtet hatte.

„Ihr habt einen Fehler begangen, als ihr hinuntergingt, Xié! Der Platz eines Kommandanten ist nicht in der Gefahr. Jeder an seinem Platz. Das Gehirn denkt, koordiniert, folgert und zieht Schlüsse – die Arme handeln. Denkt daran!"

So lautete die Antwort des Diktators. Wenn ich ihn vor mir gehabt hätte, ich würde ihn gewiss niedergeschlagen haben!

Ja, er hatte schon ein Gehirn. Aber kein Herz! Toupahou, sein Enkel, war zum jetzigen Zeitpunkt vielleicht tot. Was machte es ihm aus? Es war nicht verwunderlich, dass er dieselbe Gefühllosigkeit gegenüber anderen zeigte!

Ich ließ mir einen *Gleiter* bringen, ein kleines Fahrzeug, dass zwei oder drei Meter oberhalb des Bodens schwebte und so sehr hohe Geschwindigkeiten erreichen konnte, während es gleichzeitig auch sehr wendig war.

Nachdem ich mich diesem Gerät eingerichtet hatte, inspizierte ich die Gräben.

Seit ich unter die Terrassen hinabgestiegen war, hatte die Arbeit beträchtliche Fortschritte gemacht. An bestimmten Stellen erreichte der gigantische Graben eine Tiefe von achtzig Metern. Grosé hatte mehrere Tausend Affenmenschen heraufbringen lassen, die in den Minen beschäftigt wurden. Diese leisteten gute Dienste bei der Überwachung der Abraummaschinen, die zu bedienen sie gewohnt waren.

Gegen fünf Uhr morgens wurde die Tiefe von hundertfünfzig Metern erreicht.

Auf die Gefahr hin, die Aufmerksamkeit der Gesamtheit der Luftstreitkräfte von Nour auf uns zu lenken, hatte Rair auf den Terrassen auf jeder Seite des Grabens leistungsfähige Scheinwerfer aufstellen lassen, deren grelle Helligkeit mit dem Schein kämpfte, der von den Sonnenlichtakkumulatoren abgegeben wurde. Ich kann sagen, dass es mehr Tag war als am helllichten Tag.

Und die Arbeiter hörten unter sich, wenn ihre Maschinen langsamer liefen, ein dumpfes Knirschen und Explosionen: Das waren die Erdbohrer die weiterhin ihr Zerstörung und Tod bringendes Werk fortsetzten.

Aber wer sollte sich darum kümmern?

Die mithilfe von Peitschenhieben und Treibstockschlägen geschulten Affenmenschen plagten sich heftig. Die Illianer dachten nur daran, die unter ihnen Begrabenen zu rächen. Manche von ihnen erinnerten sich daran, dass ihnen der Sieg ein Jahrhundert der Existenz über ihr normales Leben hinaus bringen sollte. Keiner von ihnen dachte daran, Rair zu verfluchen, den Verursacher all ihrer Probleme.

Klingeln waren zu hören, die das Getöse der Maschinen übertönten. Das Alarmsignal. Sämtliche Augen wandten sich dem schwarzen Himmel zu.

Die Flotte von Illa kehrte zurück.

Sieben Reihen von Scheinwerfern, welche die Länge der Pyramide des Großen Rates entlang aufgestellt waren, strahlten und beleuchteten das Himmelsgewölbe.

Mit den Schmerzensschreien der Affenmenschen, die von den Vorarbeitern gequält wurden, um sie an ihre Aufgabe zu erinnern, vermischte sich das verzweifelte Geschrei der Illianer: *Es war eine besiegte Flotte, die heimkehrte.*

Aerionen und Fluggranaten glitten ungeordnet am Himmel, torkelnd, schwankend, kreisend, schaukelnd, sich überschlagend wie betrunkene Maschinen.

Offensichtlich waren sie schwer beschädigt, und ihre Piloten konnten sie kaum unter Kontrolle bringen.

Von meinem Gleiter aus maßregelte ich einige Vorarbeiter, die vor Verblüffung und vor Entsetzen aufgehört hatten, ihre Maschinen zu überwachen.

Aber die Verzweiflung hatte mich selbst gepackt. Einmal mehr verfluchte ich den unheilvollen Rair.

9. Kapitel

Überall auf den Terrassen flohen die Illianer. Die gleißende Helligkeit der an den Rändern des unermesslich großen Grabens angeordneten Scheinwerfer beleuchtete brutal ihre tragische, überstürzte Flucht. Und ihr Geschrei übertönte das Getöse der leistungsfähigen Maschinen.

Mehrere Hundert, die Geschicktesten, gelangten an die Ränder des Grabens. Nichts konnte sie aufhalten. Sie drangen zwischen die Maschinen vor, stürzten die Seiten des kolossalen ausgehobenen Grabens entlang, stolperten, drängten sich und landeten schließlich zerschmettert auf dem Boden des Grabens, wo viele auf schreckliche Weise starben, von den Radladern zusammen mit der Erde und den Felsbrocken zerquetscht.

Die Überreste der Luftflotte von Illa kamen weiterhin näher. Man konnte jetzt den Umfang der Katastrophe genau erkennen. Die Flügel der Aerionen waren gebrochen, geknickt, verdreht ... Die wenigen Fluggranaten, die der Katastrophe entkommen waren, waren verbeult, gerissen. Sie vollführten groteske Sprünge vor dem schwarzen Himmel.

In der Ferne tauchten aus dem Norden durchsichtige Scheiben auf, als beständen sie aus Glas. Man konnte ihre Umrisse vage erkennen, aber es war leicht, sie zu lokalisieren, denn das helle Licht der Sterne erfuhr eine leichte Brechung, wenn es durch sie hindurchging. Diese

Scheiben – oder besser gesagt Kugeln – waren die herankommenden Aerionen der Nourianer. Der Himmel war nach Norden hin bald schon über einen Winkel von fast vierzig Grad vollständig von ihnen übersät. Es waren Tausende.

Die Nourianer hatten sich trotz unserer Spione, die nichts geahnt hatten, heimlich vorbereitet. Sie hatten ja verstanden, dass Rairs unersättlicher Ehrgeiz, seine Herrschsucht, sein berechnendes Genie sie in den Krieg führen würden. Sie waren weniger naiv als die Illianer gewesen.

Auf den Terrassen war indessen die Panik auf ihrem Höhepunkt.

Nur meine Krieger widerstanden dort noch, blieben abwartend auf ihrem Posten. Ihre Offiziere hatten sie noch in der Hand, aber für wie lange? Die Panik ist ansteckend. Von einem Augenblick zum anderen würden die Soldaten ihr nachgeben und sich unter den Menschenstrom mischen, der wie eine Flutwelle von allen Seiten hereinbrach.

Auf den Baustellen funktionierten die Maschinen noch, zumindest der größte Teil von ihnen, denn einige waren von den Flüchtenden angehalten worden, die ihre Mechaniker getötet hatten.

Was machte denn Rair?

Ich wollte ihn gerade anrufen und um Befehle bitten, als von der Pyramide des Obersten Rates her hohe, fast nicht wahrnehmbare Pfeifgeräusche ertönen. Ganze Reihen von Flüchtenden stürzen wie von einer unsichtbaren Sichel niedergemäht zu Boden, um sich nie wieder zu erheben.

Rair hatte die Gefahr erkannt und schmetterte die bedauernswerten Menschen nieder.

Das verstärkte nur noch die panische Angst und den Schrecken. Die Überlebenden stürzten stur geradeaus, verrückt, tollwütig, wieder zu wilden Tieren geworden.

Affenmenschen schlossen sich ihnen an. Von allen Seiten gerieten schreckliche Mischungen aneinander. Die Unglücklichen wussten nicht mehr, was sie taten. Sie erdrückten sich, sie zerstampften sich, sie brachten sich an Ort und Stelle gegenseitig um. Diejenigen, die keine Waffen besaßen, kämpften mit ihren Fingernägeln. Die Frauen schrien. Die ersten von ihnen verstummten, da sie zertrampelt wurden.

In diesem Augenblick stürzten mehrere Fluggranaten auf die Terrassen und zerdrückten Hunderte unglücklicher Menschen, die gerade dabei waren, sich zu zerfleischen. Auch Aerionen, denen es durch Wunder an Geschicklichkeit gelungen war, sich in der Luft zu halten, stürzten jetzt zu Boden und stifteten noch mehr Schrecken und Verwüstung.

Und die Todesstrahlen, die aus der großen Pyramide austraten, sorgten weiterhin für Verwirrung.

Grosé, der von einem der Flüchtenden an der Stirn verletzt worden war, stieß wieder zu mir.

„Wir sind verloren ... verloren!...", stöhnte er, fast ebenso von panischer Angst ergriffen wie die Elenden um uns herum.

Ich sah ihn an. Er verstand und verstummte.

Bis dahin hatte ich mich nicht von meinem Kommandostand wegbewegt. Mit den paar Tausend Kriegern, über die ich verfügte, war ich machtlos. Meine Männer und ich wären von den Hunderttausenden Flüchtenden, die vor Angst verrückt waren, überschwemmt, verschlungen worden. Es war schon ein Wunder, das sie uns noch nicht angegriffen hatten. Aber am Fuß der großen Pyramide lagernd befanden wir uns nicht in der Mitte der Terrassen, und zum Rand hin war es, wohin die Opfer − ja, die Opfer − Rairs flüchteten.

Auf meinem Gleiter stehend verschaffte ich mir rasch einen Überblick über unser Lager und vergewisserte mich, dass die Offiziere immer noch ihre Ruhe bewahrten und dass die Mannschaften ihre Posten nicht verlassen hatten.

Ich hatte kaum ein paar Gruppen von Querköpfen zu zerstreuen, deren Rädelsführer sofort exekutiert wurden.

Zufrieden überließ ich das Kommando Dari, dem ältesten der Kriegsherren, einem ruhigen und entschlossenen Mann, und begab mich zu einer der Türen der Pyramide.

Nur mit Schwierigkeiten gelangte ich zu Rair. Mehrmals wäre ich beinahe von den zahlreichen Affenmenschen getötet worden, die den Diktator bewachten. Meine entschlossene Haltung setzte sich gegen diese Bestien durch.

Schließlich erreichte ich die Spitze der Pyramide, Rairs Refugium.

Der niederträchtige Kerl hatte ein rotes Gesicht. Seine Augen waren blutunterlaufen. Er saß vor einem Schaltfeld, das auf dem Boden eines offenen Panzerschrankes angeordnet war, und drehte Schalter, schob Hebel weg oder zog sie an sich heran.

„Was macht Ihr?", fragte ich ihn grob.

Er drehte sich um und warf mir einen Raubtierblick zu.

„Ich zerschmettere all diese Elenden, diese Vagabunden, diese Rüpel! Wenn Illa untergehen muss, will ich es mindestens mit meinen Augen sehen, und es soll eher durch meine Hand als die diese verfluchten Nourianer geschehen!"

„Die Ihr provoziert habt!", knurrte ich.

Und mit einem Stoß schickte ich Rair zu Boden, wo er sich mitten im Raum wälzte. Er erhob sich, um seine Häscher zu rufen oder um mich mithilfe einer seiner Höllenerfindungen zu zerschmettern. Ich ließ ihm nicht die Zeit dazu, und mit einem Faustschlag – dem härtesten, den ich je ausgeteilt habe – streckte ich ihn leblos zu meinen Füßen nieder.

Ich war Herr über Illa.

Sollte ich mir das nicht zunutze machen!

In diesem Bunker waren die Geräte für die Steuerung des ganzen Lebens von Illa untergebracht.

Da waren die Schalter für die Scheinwerfer, die Servomotoren, welche die Regelung des Betriebs der Blutmaschinen erlaubten. Das Gehirn von Illa befand sich in diesem kleinen Raum.

Aber was bedeutete mir das schon! Ich hatte keinen Ehrgeiz und keinen Hass mehr. Ich dachte nur noch daran, mein Vaterland zu retten.

Ein Telefonlautsprecher meldete sich: Das war Foug, der im Namen des zusammengetretenen Obersten Rates sprach und Rair darauf hinwies, dass sich die Lage verschlechterte und dass Illa von einem Augenblick zum anderen von den Aerionen Nours vernichtet würde!

Der Oberste Große Rat! Dieser Haufen von Greisen, die nichts verstanden, als zu den Füßen Rairs zu kriechen und ihm seinen Willen zu tun! Diese Versammlung von Sklaven! Auch jetzt noch glaubten sie an Rairs Macht, ohne zu ahnen, dass ihr Herr und Meister wie ein Affenmensch mir zu Füßen lag, den sein Aufseher gestraft hatte.

Und diese Weisen des Rates hatten dabei in ihrer panischen Angst vergessen, dass Rair, das heißt, ich nur einen Schalter drehen musste, um in einem Spiegel alles zu sehen, was um die große Pyramide herum geschah! Sie waren so verängstigt, diese alten Männer, dass sie Foug ausgewählt hatten, Rairs Feind, um mit dem Diktator zu sprechen.

Ich antwortete diesen senilen Sklaven angeblich auf Rairs Befehl hin und befahl ihnen, sich auf ihrem Posten ruhig zu verhalten.

Ah! Ihr Posten! Wenn sie dort blieben, dann deshalb, weil sie sich in der großen Pyramide in Sicherheit wussten! Andernfalls wären sie so schnell geflohen, wie es ihnen ihre alten Beine erlaubt hätten.

Ich spuckte vor Verachtung aus und griff nach den Hebeln, mit denen die Kondensatoren radioaktiver Energie gesteuert wurden. Mit ein wenig Glück hatte ich noch die Möglichkeit, die Niederlage in einen Sieg zu verwandeln.

In seiner Panik hatte Rair nicht an diese Ressource gedacht.

Ich betätigte die Vorrichtungen, mit denen die Ausgänge der Pyramide verschlossen wurden. So konnte keiner mehr hinein oder hinaus. Und es war unmöglich, dass irgendjemand bis zu mir vordringen könnte.

Nachdem ich diese Vorsichtsmaßnahme getroffen hatte, schritt ich zur Tat.

Unbewegt wartete ich vor dem zylinderförmigen Spiegel, der sich in der Mitte des Raumes befand und auf dem winzig, aber in den kleinsten Einzelheiten alles dargestellt wurde, was um die Pyramide herum geschah.

Ich brauchte Mut, um zu warten.

Minute um Minute wohnte ich dem widerwärtigen Gemetzel bei, das auf den Terrassen andauerte.

Als mich Rair sah, hatte er die Stromversorgung der Projektoren ausgeschaltet, welche die Flüchtenden niederschmetterten, und diese hatten sich das, etwas weniger verschreckt, zunutze gemacht, um sich mit noch größerer Leidenschaft gegenseitig umzubringen!

Einer nach dem anderen blieben die Radlader und die Bohrer stehen, mit denen der Graben ausgehoben wurde. Die Affenmenschen, die freigekommen waren, mischten sich unter die Illianer und töteten, töteten und töteten alles um sie herum.

Aerionen und Fluggranaten, denen die Flotte Nours auf den Fersen war, kamen weiterhin zurück und zerschellten auf den Kämpfenden der Terrassen.

Und am schlimmsten von allem war, dass die Armee begann, unruhig zu werden. Ich konnte Dari sehen, der auf seinem Gleiter überall zugleich war, die einen zurechtwies, den anderen drohte. Aber hinter ihm bildeten sich die Gruppen neu. Noch einige Minuten, und es würde in Illa keine Armee, nichts mehr geben!

Unterhalb der Häuser, unter den hundertundeinem Stockwerken, waren die Werke weiterhin in Betrieb; die Erdbohrer hatten sie noch nicht erreicht, denn sie waren von einem Schutzpanzer umgeben. Aber wenn es einem Erdbohrer gelang, ihn zu überwinden, wäre dies das Ende. Die Affenmenschen aus den Minen würden sich erheben. Und wenn die Munition in die Luft flog, würde nichts weiter bestehen, nicht einmal die Pyramide.

Dennoch musste ich warten, warten und mir doch sagen, dass die leistungsfähigen Vorrichtungen, über die ich verfügte, von einem Augenblick zum anderen nicht mehr als lächerlicher Schrott sein konnten.

Ich schaute.

Die Luftflotte von Nour kam näher.

Die Nourianer mussten dank ihrer telephotischen Geräte[9] wie ich alles erkennen können, was geschah. Zweifellos dachten sie, dass ihnen nur noch blieb, ein Ende zu machen, dem den Gnadenstoß zu versetzen, was einmal Illa gewesen war, die mächtige Stadt, das Juwel des Universums.

Aber es ist schwieriger, den Sieg auszuhalten als die Niederlage. Was die Nourianer sahen, ging über ihre unbändigsten Hoffnungen hinaus. Darüber vergaßen sie, umsichtig zu sein.

Ihre kugelförmigen Aerionen näherten sich einander, sie konzentrierten sich, um, ich verstand es, zusammen über den Ruinen von Illa anzukommen und dort tonnenweise Sprengstoffe abzuwerfen und so die große Stadt mit einem Gnadenstoß zu vernichten. Ich stieß ein nervöses Gelächter aus ..., ein närrisches Gelächter. Mein Abbild erschien vor mir in einem Quecksilberrohr gespiegelt, und ich hatte Angst vor mir selbst.

Langsam zogen sich die durchsichtigen Kugeln der Nourianer zu ihrer letzten Konzentration zusammen. Sie waren über Illa angekommen. Mechanisch schätzte ich ihre Anzahl: dreitausend vielleicht.

Der fahle Schein einiger Sonnenlichtkondensatoren, die noch intakt waren, die gleißenden Strahlen der illianischen Scheinwerfer beleuchteten sie von unten und riefen aufgrund ihrer durchscheinenden Masse fremdartige Lichtspiele hervor.

Aber wer sah sie? An den Rändern der Gräben über einer Tiefe von mehreren Kilometern gingen die Bruderkämpfe wütend weiter.

Ein letzter flüchtiger Blick auf die Telemeter, eine rasche Berechnung im Geiste, und ich feuerte die radioaktiven Schwingungen in die Lüfte.

Ich spürte, wie die Pyramide erzitterte.

Unzählige grelle Feuerkugeln, die mit einem gleißenden Schein einhergingen, stiegen in den Sternenhimmel auf und ließen die Lichter von Illa verblassen.

Ein Feuerwerk der Hölle.

Wie vom Blitz getroffen, zertrümmert, geschmolzen stürzten die Flugmaschinen der Nourianer – oder besser gesagt ihre Reste – zu Boden. Es schien mir, als ob ich unversehrte menschliche Körper herabfallen sähe. Aber ist dies eine Halluzination? Ich weiß es nicht!

---

9 Fernsichtgeräte (Anm. d. Verf.).

Und die Illianer, die sich plötzlich gerettet sahen, blieben verstört stehen und richteten ihre Gesichter zum Himmel ...

Mehrere Tausend kamen so um, zerdrückt, zerschmettert, verbrannt von den glühenden Trümmern der Aerionen von Nour. Vielleicht starben sie glücklich ...

Dies dauerte eine Viertelstunde. Fünfzehn Minuten. Während jeder dieser neunhundert Sekunden gingen die grausamen Blutbäder ohne Unterlass weiter. Es musste so sein.

Die Nourianer – das erfuhr ich später – hielten sich für verraten. Die Schnelligkeit, die Plötzlichkeit, mit der ihre Maschinen vernichtet wurden, erfüllten sie mit namenlosem Entsetzen.

Wenn sie ihre Ruhe bewahrt hätten, wäre es mindestens der Hälfte ihrer Flotte möglich gewesen zu entkommen. *Denn die radioaktiven Schwingungen waren nur in einem Radius von kaum zwei Kilometern wirksam.* Aus diesem Grunde, das erfuhr ich nachher, hatte Rair nicht daran gedacht, sie einzusetzen. Um keinen Preis hatte er das Risiko eingehen wollen, dass sich die Aerionen von Nour über Illa konzentrierten, die Stadt vernichtet zu sehen. Ich aber, ich hatte diesen Mut, und ich hatte Erfolg damit.

Die überraschten, von panischer Angst ergriffenen Nourianer stießen selbst miteinander zusammen, behinderten sich gegenseitig zu manövrieren, beschädigten ihre Geräte und gaben mir die Zeit, sie alle zu vernichten. Nein, nicht alle! Fünf von ihnen, fünf von dreitausendeinhundert, so die genaue Zahl, gelang es, sich zu entfernen und nach Nour zurückzukehren. Fünf, und davon zerschellte eines bei der Ankunft auf dem Boden.

Ein teuer erkaufter Sieg. Mit ihrem Absturz zerschmetterten, verkrüppelten, verletzten, verbrannten die Aerionen von Nour mehr als sechzigtausend Opfer. *Man sollte mir das nicht verzeihen.*

Nachdem der Himmel von den feindlichen Kugeln geräumt war, unterbrach ich den Ausstoß der Wellen. Ich drehte mich um. Sechs Affenmenschen stürzten sich auf mich. Ich wurde geschlagen, umgestoßen, getreten, noch einmal geschlagen.

Ich versuchte, mich gegen meine unbarmherzigen Angreifer zu wehren. Es waren zu viele. Gerädert von den Schlägen, zur Machtlosigkeit gezwungen wurde ich in Ketten gelegt, die es verhinderten, dass ich die geringste Bewegung machen konnte.

Über mir, ruhig, kalt, mit einem wilden Glanz in seinem grauen Auge sah ich Rair.

„Elender Verräter, der mich ermorden wollte“, knirschte er. *„Du hast beinahe Erfolg gehabt und den Ruin von Illa herbeigeführt!* Aber du wirst für deine Schandtaten büßen, wie du es verdienst!“

Was sollte ich antworten? Rair hatte recht. Ich hätte ihn töten müssen.

Er hatte das Bewusstsein wiedererlangt, während ich Illa rettete. Er hatte die Affenmenschen seiner Garde gerufen, und ich war jetzt nicht mehr als ein Verräter und Mörder ...

Es fällt mir schwer, mich daran zu erinnern, was dann geschah. Weil ich Rair ermorden wollte, während er die radioaktiven Projektoren betätigte, welche die Flotte von Nour vernichtet haben, wurde ich dem Obersten Rat überstellt, der mich überzeugt davon, dass ich im Einvernehmen mit den Nourianern versucht hätte, Illa zu vernichten, nicht etwa zum Tode verurteilte. Ich wurde dazu verurteilt, des Verstandes beraubt und in die Minen geschickt zu werden, um dort mit den widerwärtigen Affenmenschen ein Leben lang zu arbeiten, ein Leben, das von den Blutmaschinen verlängert wurde.

Das war die schrecklichste Strafe, die von den Gesetzen Illas vorgesehen war. Eine Strafe, entsetzlicher noch als der Tod.

Zweiter Teil

Die Minen

1. Kapitel

Ich wurde in eine der Zellen gebracht, die den zum Tode Verurteilten vor-behalten sind. Allein schon Aufenthalt an einem solchen Ort bedeutete eine entsetzliche Beklemmung. Diese Zellen wiesen die Form einer vollkommenen Kugel auf, einer Kugel, deren Wände aus verschiedenen Metallen bestanden. In der Mitte dieser Hohlkugel hing ein Bambuskäfig an starren Verstrebungen, sodass er sich nicht bewegen konnte. Ich wurde an Händen und Füßen gefesselt in diesem Käfig untergebracht.

Gewöhnlich kamen die Verurteilten nicht mehr aus diesem Bambusgitter heraus. Elektrische Strahlen, die von allen Stellen der Kugel ausgingen, zersetzten langsam ihren Körper.

Sechs oder sieben Tage lang litten sie unbeschreibliche Qualen. Nur Rair hatte der Folter eines dieser unglücklichen Menschen bis zum Ende beiwohnen können, ohne dass es ihm unangenehm gewesen wäre. Er hatte selbst einen Bericht darüber erstellt, der den Abscheu der Alten des Obersten Rates hervorgerufen hatte. Aber die Folter der Kugel – habe ich gesagt, dass Rair ihr Erfinder war? – war beibehalten worden. Rair hatte einfach auf ihren Nutzen hingewiesen. *Dank der enormen Energie, die durch Aufspaltung der lebenden Materie – des Körpers des Verurteilten – erzeugt wurde, konnten die elektrischen Maschinen laufen, die es erlaubten, den Nullstein zu schaffen.* Und keine hatte sich widersetzt.

Ich halte mich für einigermaßen mutig. Dennoch, als die Decke der Kugel über mir zuschlug und ich allein in dieser Kugel mit den phosphoreszierenden Wänden war, aus denen ich einen violetten oder grünen Schein austreten zu sehen glaubte, der jedoch nur von den Reflexen der verschiedenen Metallen hervorgerufen wurde, aus denen sie bestanden, glaubte ich verrückt zu werden …

Ich wusste, dass ich dazu verurteilt war, den Verstand zu verlieren. Ich fragte mich, ob ich nicht in diesen Käfig gesetzt worden war, damit die Demenz sich meiner bemächtigte. Dann kam mir ein anderer Gedanke: Vielleicht hatte Rair seine Meinung geändert. Er hatte gedacht, er könnte beruhigter sein, sobald ich einmal tot wäre. Und er wollte die Kathodenströme senden, die meine Substanz zerfressen sollten. Ich hatte von den schrecklichen Leiden sprechen gehört, denen die Verurteilten ausgesetzt waren. Ein Schauder durchlief mich.

Um mich herum leuchteten die Metallwände weiterhin. Die einen spiegelten sich in den anderen wider und bildeten seltsame und unheimliche Lichtspiele, in denen ich Visionen der Hölle wahrzunehmen glaubte.

Und die Stille. Eine absolute Stille in einem solchen Maße, dass ich die Schwingungen meiner Arterien vernahm.

So blieb ich drei Tage lang, wie ich später erfuhr.

Eine Laune Rairs, der meine Ängste nur verstärken wollte!

Die Metallhaube, mit der mein Gefängnis verschlossen war, öffnete sich. Ich war noch nicht verrückt, aber ich hatte gewiss nicht mehr meinen ganzen Verstand. Ich hatte gelitten, nein, ich kann mich nicht daran erinnern! Diese Stunden sind undeutlich wie ein Albtraum in meinem Kopf.

Durch die Öffnung in der Kugel sah ich Limms hämisch grinsendes Gesicht. Er richtete kein Wort an mich.

Zwei an Seilen hängende Affenmenschen wurden bis zu mir herabgelassen. Sie zogen mich aus dem Käfig hinaus und brachten mich mit sich wieder hinauf.

Bis dann hatte ich meine Kleidung behalten. Jetzt zog man mir sie aus, und man ließ mich eine Art Trikot aus geflochtenen Haaren anziehen, das mir vage das Aussehen der Bestien verlieh, die in den Minen arbeiteten.

Es waren zwei Milizionäre, die mich ankleideten. Ein Jahr zuvor hatte ich einem von ihnen das Leben gerettet.

Auf die Gefahr hin, überrascht und schrecklich gefoltert zu werden, hatte er zugestimmt, meine Fragen zu beantworten.

Ich erfuhr so in sehr knapper Form, dass sich die Nourianer in Reaktion auf ein Ultimatum Rairs unterworfen und dass sie zugestimmt hatten, jedes Jahr achttausendfünfhundert junge Leute zu überstellen, die dazu dienen sollten, die Blutmaschinen zu versorgen. Ein Gremium aus illianischen Biologen und Physiologen war nach Nour abgereist, um – für den Anfang – fünfhundert *Versuchspersonen* auszuwählen und herzubringen.

Die Maschinen wurden bereits mit Menschenblut betrieben. Rair hatte erbarmungslos und bunt durcheinander die toten Illianer sowie die toten und verletzten Nourianer einsammeln lassen, und sie alle waren hinunter in die Schlachthäuser gebracht worden ...

Nach der Vernichtung der Luftflotte von Nour war in der Tat das Ausheben der Gräben wieder aufgenommen worden und hatte es erlaubt, fast die Hälfte der unterirdischen Erdbohrer der Nourianer abzufangen, deren Besatzung nach ihrer Gefangennahme ebenfalls in die Schlachthäuser für die Blutmaschinen verbracht wurde.

Rair war jetzt Diktator, absoluter Herrscher über Illa oder, besser gesagt, über die Ruinen von Illa.

Und mein eigener Name, Xié, war die Abscheu aller. Man beschuldigte mich, die Flucht und den Verrat Ilgs erleichtert und den Nourianern Angaben über den Unterboden von Illa geliefert zu haben, was das verhängnisvolle Werk der Erdbohrer ermöglicht hätte. Und ich wäre es gewesen, immer ich, der sozusagen die Wirkung der Magnetströme unterbunden hätte, die von den Masten der großen Pyramide abgegeben wurden und die Nourianer verrückt machen sollten! In Wahrheit war die Abgabe dieser Ströme von Ilg vor seiner Flucht unmöglich gemacht worden, der Störungen ausgelöst hatte. Der Verräter hatte an alles gedacht. Als alter Feind Rairs, von dem er mehrmals gedemütigt worden war, war er nicht davor zurückgeschreckt, den Ruin und den Tod seines Vaterlandes herbeizuführen, um sich zu rächen.

Seine Strahlenbomben hatten nichts nützen können – wie ich es immer gedacht hatte –, denn sie waren für diejenigen, die sie abwarfen, ebenso schädlich wie für diejenigen, auf die sie abgeworfen wurden. Nur die Fluggranaten hatten sie verwenden können.

Ironie des Schicksals: Ilg, der sich an Rair rächen wollte, war es nur gelungen, dessen Macht noch zu vergrößern.

Rair, der den Illianern versichert hatte, dass ihre Existenz um ein Jahrhundert verlängert würde, war für sie jetzt fast ein Gott. Wehe dem, der es wagte, seine Macht in Frage zu stellen. Keiner dieser Elendigen hatte sich genug an Urteilsvermögen bewahrt, um zu erkennen, dass Rair den Ruin Illas herbeigeführt hatte und dass die Nourianer früher oder später mit allen Mitteln versuchen würden, sich dem schrecklichen Tribut zu entziehen, der von ihnen verlangt wurde!

Von meiner Tochter, von Toupahou wusste niemand etwas. Silmée war sicher tot. Toupahou?... Wer weiß.

Ich erfuhr dann, dass sich die Nourianer geweigert hatten, Ilg und das Stück Nullstein auszuliefern, das er mitgenommen hatte, indem sie vorgaben, dass sie nicht wüssten, wo sich der Verräter aufhielt. Jede Hartnäckigkeit, sämtliche Drohungen Rairs hatten nichts an dieser Antwort geändert.

Dies war fast alles, was ich in Erfahrung bringen konnte. Ich versuchte im Übrigen auch nicht, mehr zu wissen. Ich befand mich in einem Zustand der vollkommenen Abgestumpftheit, war ein Wesen, das gewiss noch tiefer als die Affenmenschen stand, zu denen ich gehören sollte! *Das hatte Rair gewollt!* Wenn überhaupt, dann bestand in mir nur noch ein einziges Gefühl fort: mein Hass auf diesen grauenvollen Greis.

Mit meiner grotesken Aufmachung versehen, die mit einem harzhaltigen Leim auf meine Haut geklebt war (denn Rair wollte, dass ich so weit wie möglich den primitiven Wesen gliche, deren Leben ich teilen sollte), wurde ich zu den Aufzügen gebracht, die zu den Minen führen.

Unterwegs konnte ich mir ein Bild von den Ruinen machen, welche die Erdbohrer von Nour hinterlassen hatten. Da waren nur noch aufgebohrten Stellen in rissigen Wänden, Löcher, Trümmer, einge-stürzte Gewölbe, verbogene, zerschmetterte Winkeleisen und Träger. Und zahlreiche schwarz gewordene, zersetzte Leichen, und unzählige menschliche Überreste ruhten noch immer unter diesem namenlosen Chaos. *Das hatte Rair gewollt.*

Flankiert von Limm, zwei Mitgliedern des Obersten Rates und vier Offizieren der Miliz kam ich vor den Schächten der Minen an. Sie waren unversehrt. Die Tiefe, in der sie sich befanden, hatte sie ge-schützt, und die Erdbohrer der Nourianer hatten nicht die Zeit gehabt, um bis zu ihnen zu gelangen.

Diese Schächte, drei an der Zahl, bestanden in Rohren aus unge-fähr zwei Meter dickem Metall und hatten einen Innendurchmesser von dreien. Sie waren in der Form eines Dreiecks in der Mitte des unterirdischen Laufs des Flusses Appa angeordnet, den ein leuchtendes Gewölbe überdeckte.

Ein einfacher Schalter, und die in die Wände der Schächte eingelassenen Ventile würden sich sogleich öffnen und zur Überflutung der Minen ... und der Affenmenschen führen, die dort arbeiteten.

Das illianische Personal, das mit der Aufsicht und dem technischen Bereich verantwortlich war, trug Uniformen, die mit Atemmasken ausgestattet waren, und diese erlaubten es ihnen, die Sicherheits-kammern zu erreichen und dort, sei es auch einen Monat lang, zu warten, bis man kam, um sie zu befreien. Behälter mit verfestigter Atemluft waren dort installiert.

Wir nahmen in dem Aufzug Platz, einem dichten Metallzylinder, der entweder oben oder unten in den Minen von außen betätigt wurde.

2. Kapitel

Mit einer schwindelerregenden Geschwindigkeit fuhren wir abwärts. Gelegentlich warf mir Limm einen sarkastischen Blick zu. Ohne die Ketten, die meine Arme und meine Knöchel umschlossen, wäre ich dem erbärmlichen Spion an die Kehle gesprungen, dem Mann, der versucht hatte, meine Tochter zu ermorden und der mich auf niederträchtige, schändliche Weise in meinem Elend beleidigte.

Schließlich kamen wir an. Ich wurde rasch in das Büro des Direktors der Mine gebracht, eines dicken Mannes mit fahlem Teint, der auf den Namen Ghan hörte. Er sah mich lange an, ohne ein Wort zu sagen, und drückte dann auf den Knopf einer Klingel.

Zwei Wachmänner kamen herein. Sie mussten in einem benachbarten Raum gewartet haben. Zwei Kolosse mit bestialischen Gesichtern und Körpern, die mit einer Art Kettenhemd bekleidet waren. Sie trugen am Gürtel eine Peitsche mit kurzem Griff, deren Schnur in einem Stachel endete.

„Nehmt euch dieses Verräters an!", machte Limm, während er sie fest ansah.

Die beiden Männer verbeugten sich. Sie näherten sich mir und stießen mich brutal vor sich her.

Meine Wut und meine Verzweiflung hinderten mich daran, richtig zu erkennen, was dann geschah. Ich kam durch mehrere gepanzerte Türen, die ein geheimer Mechanismus betätigen musste, denn sie öffneten und schlossen sich wieder, ohne dass meine Leibwächter sie berührt hätten.

Und schließlich durchquerte ich einen schmalen Gang, einen Meter breit und zwei Meter hoch, und gelangte in eine riesengroße tiefergelegte Krypta, deren Wände auf drei ihrer vier Seiten in einem Schwall phosphoreszierenden Wassers bestand, das senkrecht in eine Rinne im Boden fiel.

Ich war niemals in die Minen hinabgestiegen, in denen das Metall par excellence gefördert wurde. Ich wusste, dass sie mehr als neuntausend Meter unter der Erdoberfläche lagen und dass die illianischen

Ingenieure, um es den Arbeitern zu ermöglichen, dort zu leben, das Wasser eines unterirdischen Stromes dorthin geleitet hatten, das eisgekühlt und phosphoreszierend gemacht wurde, um so der Hitze zu begegnen, die von der Erdkruste abgegeben wurde.

Sieben parallel verlaufende Gräben waren im Boden ausgehoben worden. Auf dem Boden jedes von ihnen arbeiteten ein halbes Dutzend Meter unter dem Boden der Krypta Affenmenschen unter der Aufsicht der Vorarbeiter.

Sie schufteten ohne Unterlass und förderten das Erz mit ihren Spitzhacken zutage, die sie mit einer ungeheuren Kraft handhabten. An bestimmten Stellen waren sie, um der Erzader zu folgen, dazu gezwungen, äußerst schwierige Haltungen anzunehmen, sodass sie sich schrecklich verrenken mussten Ihr Knurren mischte sich mit den Schreien der Aufseher und dem Pfeifen der Peitschen. Das Tosen der drei Wasserfälle fügte diesem Lärm noch ein dumpfes Hintergrundgeräusch hinzu. Und das grünliche Licht, das von dem phosphoreszierenden Wasser abgegeben wurde, erhellte diesen schrecklichen Anblick.

Es war dieses Erz, das nach unzähligen chemischen und elektrischen Vorgängen zu dem weichen und assimilierenden Metall für die Blutmaschinen wurde. *Tausend Kilo Erz ergaben drei Zehntelgramm des Metalls.*

Meine beiden Wächter führten mich vor einen Aufseher, der mir, nachdem er mich lange und eingehend angesehen hatte, mit einem brutalen Peitschenhieb das Gesicht aufschnitt und mich dann mit einem Stoß auf den Boden eines Grabens rollen ließ. Ich hörte ihn, wie er ich weiß nicht welche Worte grunzte, die ich nicht verstehen konnte.

Ich erhob mich. Einer der Affenmenschen in meiner Nähe beschnupperte mich, richtete einige kaum verständliche Worte an mich und reichte mir eine Kreuzhacke.

Ich machte mich an die Arbeit.

Eine äußerst mühevolle und anstrengende Arbeit, umso mehr, da ich nicht einmal ein Zehntel der Kraft der Affenmenschen besaß.

Gequält, bedroht, beschimpft arbeitete ich ...

Ich war dazu verurteilt worden, den Verstand zu verlieren. Wie lange sollte ich leiden, bis dieses Urteil vollstreckt wäre?

Meine Tochter war tot. Wenn ich verrückt würde, wären meine Pläne, mich an Rair zu rächen, für immer dahin. Und sterben, ohne mich gerächt zu haben, erschien mir, wie zweimal zu sterben.

Auszubrechen? Während der ersten Stunde nach meinem Abstieg in die Mine dachte ich daran. Diese genügte, um mich von der Verrücktheit eines solchen Gedankens zu überzeugen. Als einziger meiner Rasse, pausenlos beobachtet, geschwächt – wie konnte ich der Aufsicht meiner Wächter entgehen, die Geheimtüren aufbrechen, meinen Weg durch die Galerien finden, den Aufzug in Betrieb setzen und so wieder an die Oberfläche gelangen?

Fangar war tot. Grosé? Wer konnte wissen, was mit ihm geschehen war. Und Rair war mächtiger als je zuvor!

Nein. Man musste jeden Gedanken an Flucht und Rache aufgeben und sich mit dem Wahnsinn oder dem Tod abfinden. Es gab keine Alternative!

Ich arbeitete und wälzte dabei diese niederschmetternden Gedanken.

Endlich kam der Zeitpunkt der Ruhe.

Unter Peitschenhieben kletterte ich aus dem Graben und stellte mich mit den Affenmenschen in eine Reihe, die wie ich Ketten trugen, welche man Glied um Glied überprüfte. Und wir wurden wie Vieh in unsere Schlafsäle getrieben.

Hier wurde die Wirkung der Schwerkraft nicht wie in Illa durch Antigravitationsböden ausgeglichen. Ganz im Gegenteil, die Tiefe, in der wir uns befanden, verstärkte sie nur noch.

Schon geschwächt, konnte ich nur mit Mühe gehen und erreichte endlich den Schlafsaal oder, besser gesagt, den Stall, eine lange mit Metallgeflecht ausgelegte Galerie, die uns als Unterkunft diente.

Ich musste wie meine Leidensgenossen essen, widerliche Mischungen von gekochten Kräutern und Fleisch von Tieren zu mir nehmen – Überreste der Schweine und der Affen, die getötet wurden, um die Blutmaschinen zu versorgen. Mein Magen, der seit meiner Geburt nie etwas anderes als reines Wasser aufgenommen hatte, drehte sich um. Das brachte meine primitiven Gefährten dazu, hämisch zu kichern.

Ich konnte schließlich einschlafen.

Was soll ich über mein Leben in den folgenden Tagen sagen? Ich wurde von den Aufsehern ausgepeitscht, mit den Stacheln ihrer Treibstöcke durchbohrt. Meine Leidensgenossen, die Affenmenschen, waren weit davon entfernt, mich zu bedauern, sondern sie amüsierten sich, wenn sie sahen, das ich geschlagen und misshandelt wurde. Wenn wir erst einmal im Schlafsaal – im Stall – waren, machten sich einige von ihnen sogar einen Spaß daraus, mich daran zu hindern, dass ich mich den Bottichen näherte, aus denen wir uns speisten.

Denn ich hatte mich schließlich doch dazu entschlossen, die schmutzigen Überreste zu essen, hinunterzuschlingen, mit denen ich mich über Wasser halten musste ... Das war notwendig! *Ob ich nun aß oder nicht, ich musste arbeiten.*

Nach und nach nahm ich eine rohe Mentalität an. Manchmal überraschte ich mich dabei, mit Ungeduld darauf zu warten, mich satt essen zu können! Ich, der ich Hielug verachtet hatte!

Ich arbeitete, ich krümmte den Rücken unter den Schlägen, ich musste die Brutalitäten meiner wilden Gefährten hinnehmen.

Ich wurde nicht verrückt ... Rair wollte, dass mein Elend andauerte!

Von Zeit zu Zeit – ich könnte nicht sagen, in welchen Abständen, denn es war mir unmöglich, die Zeit zu messen – erschien Limm in der Krypta.

Er kam, um mich zu beobachten; er sah mir zu und lachte hämisch dabei. Er genoss die Freude, mich erniedrigt zu sehen, mich, der ich sein Vorgesetzter gewesen war, mich, der ihn aus gutem Grund verachtet und ihm dies nicht verheimlicht hatte, diesem Spion!

Allmählich wurde ich abgehärtet. Meine Muskeln quollen an. Meine Haut wurde dicker. Ich litt weniger unter den Schlägen der Peitsche und des Treibstocks. Eine unerklärliche Hoffnung sickerte in mein geschwächtes Gehirn ein.

Und als mich einer meiner Leidensgenossen, ein riesiger Affenmensch, der an meiner Seite schlief und den man Ouh nannte, während einer Ruhezeit in dem Stall umgestoßen hatte um sich auf meine Kosten zu amüsieren, besann ich mich auf all meinen früheren Stolz, und mit einem gewaltigen Faustschlag an die richtige Stelle, an die Spitze des Kinns, streckte ich ihn zu meinen Füßen nieder.

Mehrere seiner Artgenossen stießen ein grimmiges Grunzen aus und machten Anstalten, sich auf mich zu stürzen. Ich glaubte mich verloren.

Was immer auch meine Gefühle waren – und tatsächlich fühlte ich mich keineswegs unbesorgt –, jedenfalls zeigte ich sie nicht; erhobenen Hauptes sah ich meinen Feinden fest ins Auge. Während einer langen Sekunde rangen mein Wille und derjenige der Affenmenschen miteinander. Und gebändigt senkten die Bestien die Lider. Jahrhunderte der Knechtung hatten sie an das Gehorchen gewöhnt. Nicht umsonst hatten ihre Väter und die Väter ihrer Väter wie Sklaven gelebt. Und Sklaven waren sie mit Leib und Seele.

Ouh erhob sich, nahm meine Hand in die seinen und drückte sie an sein Herz, das wie in Aufruhr klopfte. Mit einem leichten Klaps auf die Schulter zeigte ich ihm, dass wir Freunde waren. Und wir waren es.

Geduldig, ergeben lehrte mich Ouh die Geheimsprache der Affenmenschen. Denn diesen rohen Wesen mangelte es zwar an Intelligenz, aber sie verfügten über ein unglaubliches Maß an Findigkeit.

Die Furcht vor ihren Aufsehern war zu groß und ihre Gewohnheit, sich zu unterwerfen, war zu tief in ihnen verankert, als dass sie an die Möglichkeit eines Aufstandes gedacht hätten. Aber sie hatten eine Art Geheimsprache geschaffen, die es ihnen erlaubte, sich miteinander auszutauschen, ohne dass die Aufseher dies wahrgenommen hätten.

Ouh lehrte mich, die Kreuzhacke und den Pickel und die Werkzeuge aller Art zu handhaben, da dazu verwendet wurden, dem Boden das Erz zu entreißen. Er zeigte mir die Kniffe, die notwendig waren, um es zu vermeiden, dass man ermüdete. Er arbeitete an meiner Seite und nahm mir die Aufgaben ab, die zu schwer für meine Kraft und für meinen Mangel an Geschicklichkeit waren.

Denn die Menschenaffen besaßen dank der von den illianischen Biologen bewirkten Selektion vier Hände und verfügten – ich habe es schon gesagt – über eine Kraft, die mit der von acht bis zehn gewöhnlichen Männern vergleichbar war.

Die Zeit verging.

Durch Ouhs Vermittlung schloss ich weitere Freundschaften, und allmählich kehrte die Hoffnung zu mir zurück. Ich wagte es, meine Rückkehr an die reine Luft …, unter die am blauen Himmel strahlende Sonne in Betracht zu ziehen.

Ein schwieriges Unterfangen, aber nicht mehr unmöglich. Um es durchzuführen, war gar keine große Fantasie erforderlich. Es gab nur ein Mittel: sich der illianischen Aufseher und Techniker zu entledigen. Das war machbar.

Die Menschenaffen, das wusste ich jetzt, waren zwar Bestien, aber schlaue Bestien, die sich eine Sprache geschaffen hatten und die infolgedessen fähig waren, zu denken und ein Geheimnis zu wahren.

Ich vertraute Ouh meine Hoffnungen an: die Illianer in den Minen niederzumachen, wieder an die Oberfläche zurückzukehren und die Herrschaft über Illa zu übernehmen. Danach keine Zwangsarbeit mehr unter der Erde, sondern das freie Leben unter dem Himmel.

Unter dem Himmel? Illa? Als er mich diese Wörter aussprechen hörte, sah mich mit stupidem Erstaunen an. Er wusste nicht, was der Himmel war, was die Sonne war, was Illa war. Wie seine Artgenossen wurde er in der Mine geboren. Sein Vater, seine Altvorderen wurden in der Mine geboren. Und er wusste nicht, dass es andere Wesen gab als die Peitschen schwingenden Aufseher.

Ich hatte große Mühe, ihm die Beschreibung von Illa zu vermitteln, und das, obwohl ich Einzelheiten ziemlich vereinfacht hatte ... Es fehlten mir die Worte, um mich verständlich zu machen.

Dennoch gelang es mir, meinem Freund eine vage Vorstellung davon zu geben, was das Juwel der Welt war, Illa, die Glorreiche. Natürlich hütete ich mich sehr wohl davor, ihm die schrecklichen Verteidigungs- und Vernichtungsmittel zu enthüllen, über welche die Illianer verfügten. Ouh wusste – ich hatte es ihm gesagt –, dass ich eine der mächtigsten Führungspersönlichkeiten der Menschen gewesen war.

Er hatte vollkommen verstanden, dass ich das Opfer einer Rache war: Das war ein Gefühl, das die Affenmenschen kannten, die Rache.

Ich hatte einen Feind. Wir hassten uns. Dieser Feind war mächtiger als ich. Er hatte sich das zunutze gemacht. Ouh hatte dies ganz natürlich gefunden. Er hätte es nicht verstanden, wenn man der Stärkste wäre und daraus gar keinen Nutzen bezöge. Was hätte es sonst für sich, der Stärkste zu sein?

Ich brauchte lange, um Ouh zu überzeugen, um ihm vor allem das Glück verständlich zu machen, das ihn erwartete, wenn er sich befreite. Ich weiß nicht, ob er mich verstanden hat. Ich glaube, er dachte zuerst an die Möglichkeit, einen gewissen Aufseher zu töten, der nicht davon abließ, ihn mehr zu peitschen als dies notwendig war. Außerdem musste ich die abergläubische Angst überwinden, die Ouh gegenüber Menschen offen bekundete. Der Gedanke, dass ich, ein Mensch, bei ihm sein würde, beruhigte ihn ein wenig.

Ich hatte ihn schließlich überzeugt. Mit einer Schlauheit, die mich erstaunte, setzte er seine Artgenossen von unseren Plänen in Kenntnis. Er bediente sich weniger Argumente, immer derselben. Zuerst würde man die Aufseher töten, man würde nicht mehr arbeiten, man würde so viel essen, wie man wollte. Und man würde sich an einen wunderbaren Ort begeben, wo die Affenmenschen die Herren wären und ihrerseits ihre Aufseher auspeitschen würden.

Das war einfach und leicht zu verstehen.

Und die Bestien ließen sich nur zu gern überzeugen. Sie wussten – glücklicherweise – nicht, dass ein solcher Aufstand, der vor zwei Jahrhunderten versucht worden war, kläglich gescheitert war und dass die Meuterer wie Schlachtvieh lebendig an Metallhaken über den Erzgräben aufgehängt wurden, wo sie verblieben, um dahinzusiechen und ihren Artgenossen als Beispiel zu dienen. Ihre Leichen, mumifiziert, um eine Epidemie zu vermeiden, hatten die düstere Krypta lange geschmückt. Alle Schüler von Illa wussten das. Die Affenmenschen nicht. Man war der Meinung gewesen, es wäre besser, wenn sie nichts davon wüssten, um zu vermeiden, dass sie trotz allem auf den Gedanken kämen, den Versuch zu wiederholen.

Während mein Freund Ouh … *mein Freund*, ein Affenmensch, meiner, der ich Illas Armeen angeführt hatte, oh Rair! … Ja, während mein Freund Ouh seine Propaganda durchführte, arbeitete ich sorgfältig, geduldig einen Aktionsplan aus. Die Einzelheiten, die ich seit langer Zeit über die Minen von Illa kannte, kamen mir zusammen damit, was ich beobachtet hatte, seit ich in den Rang einer Bestie degradiert worden war, sehr zugute.

Zuallererst stellten sich die Affenmenschen unter meiner Anleitung aus Werkzeugresten spitze Feilen her. Diese Feilen sollten ihnen gleichzeitig dazu dienen, sich ihrer Ketten zu entledigen und ihren Aufsehern die Kehle durchzuschneiden.

Diese letztgenannten, die sich aus dem niedrigsten Volk von Illa rekrutierten, hatten sich schließlich schon seit langer Zeit für vollkommen in Sicherheit gehalten. Ihre Autorität wurde nicht angefochten. Die Affenmenschen gehorchten ihnen mit der Unterwürfigkeit von Sklaven. Und niemals wäre ihnen der Gedanke gekommen, dass diese geknechteten Arbeitstiere, die von ihrem Aufenthalt auf dem Grund der Minen abgestumpft waren, dass die Bestien, die sie auspeitschten und die doch kaum mehr Bestien waren als sie selbst, daran denken könnten, sich aufzulehnen.

So hatte sich die Strenge der Vorschriften, die bei meiner Ankunft in den Minen in Kraft gesetzt worden waren, allmählich gelockert, wie dies immer der Fall war.

Ich selbst, ich war gefügig, unterwürfig. Ich kroch, ich täuschte die niederträchtigste Unterwerfung und Angst vor, was mir im Übrigen ein gewisses Wohlwollen einbrachte, denn die Aufseher waren stolz darauf, einen Menschen zu demütigen, herabzusetzen, der berühmt unter den berühmtesten Illianern gewesen war. Sie wussten, dass ich das Vaterland gerettet hatte, wenn es ihnen auch nicht bekannt war, dass ich es gerade noch einmal gerettet hatte.[10]

Der lange erwartete Augenblick, der Augenblick, von dem ich geglaubt hatte, er würde nie eintreten, dieser Augenblick kam.

Wir arbeiteten ungefähr sechs Stunden ohne Unterlass, und wir ruhten uns vier aus. Und das immer und ohne jede Unterbrechung.

---

10 Xié besaß viele Tugenden, aber die Bescheidenheit gehörte nicht dazu. (Anm. d. Verf.)

Nachdem ich mich vergewissert hatte, dass jeder der dreitausend Affenmenschen seine Dolchfeile besaß, ließ ich die Nachricht verbreiten, dass es in der nächsten Ruhezeit so weit wäre.

Und vielleicht zum zwanzigsten Mal (ich wollte jeden Fall eines Irrtums oder eines Durcheinanders vermeiden) erklärte ich Ouh und einem Dutzend weiterer Affenmenschen, die ich für intelligenter oder schlauer hielt als die anderen, minuziös die kleinsten Einzelheiten der geplanten Operation.

Wie, dass ich nicht verraten wurde? Wenn ich daran denke, dass mehr als dreitausend Wesen von meinen Plänen wussten! Wenn es Menschen gewesen wären!... Ihre Gefühle waren einfach. Alle hassten ihre Peiniger. Alle erfreute der Gedanke, sie zu töten. Sie sahen nicht weiter darüber hinaus.

Ihre Ketten waren solide, oder sie waren es gewesen.

Wie seine Untergebenen in törichter Sicherheit träge geworden und geiziger und gieriger, hatte Ghan, der Direktor der Mine, diese Ketten seit langer Zeit nicht auswechseln lassen, obwohl er sich den Preis der neuen Fesseln vom Schatzmeister des Obersten Rates bezahlen ließ. So war der Großteil dieser Ketten durch die hohe Feuchtigkeit verrostet, die ewig in den Tiefen der Mine herrschte und die von der Verdampfung des Wassers der Wasserfälle hervorgerufen wurde, deren Ventilatoren es nicht gelang, diese Dämpfe zu beseitigen.

In vielleicht einer Viertelstunde war alles erledigt.

Nachdem ihre Ketten zersägt und ihre vier Gliedmaßen frei waren, erreichten die Affenmenschen, geräuschlos auf ihren vier Händen kriechend und mit Augen, die wie goldene Scheiben leuchteten, die Türen ihrer Ställe.

Sie waren widerstandsfähig, diese Türen. Aber in jeden Schlafstall war heimlich ein riesiger Erzbrocken gebracht worden. Ein Brocken, der tausend Kilo wog. Von zwei Affenmenschen hochgehoben wurde er gegen das Türblatt geschleudert, das unter dem Aufprall zusammenbrach.

Und vor Wut bebend schossen die Bestien hinaus in die Krypta. Im phosphoreszierenden Licht der drei großen Eiswasserfälle wohnte ich einem namenlosen Schauspiel bei.

Die Aufseher, durch das Getöse der zusammenbrechenden Türen aus dem Schlaf gerissen, eilten versehen mit Sprengbomben herbei, die sie auf die geschlossenen Reihen der Affenmenschen schleuderten.

Das war ein schreckliches Blutbad. Schreie, Seufzer, Geheul vor Wut und Schmerz übertönten das Geräusch der stürzenden Körper. Mehrere Hundert Affenmenschen waren vernichtet worden.

Aber es blieben noch welche. Viele. Diese Überlebenden ließen ihren Feinden nicht die Zeit, neue Bomben zu werfen. Sie stürzten sich auf sie, griffen sie sich … Was sie dann taten, mir fehlen die Worte, das zu beschreiben. Von den Aufsehern war in wenigen Sekunden nur noch ein Brei übrig.

Ich hatte mich bäuchlings flach auf den Boden geworfen, um von den Bomben nicht erwischt zu werden.

Als sich in der Krypta keine lebenden Aufseher mehr befanden, erhob ich mich wieder und versammelte meine Gefährten nicht ohne Mühe wieder um mich.

Die Metalltür, die auf den kleinen Gang führte, der Zugang auf die Krypta gewährte, war von außen verschlossen worden. Auf meinen Rat hin gruben die Affenmenschen rasch ein Loch unter dem Türflügel.

Sie gruben es mit ihren Dolchfeilen und auch mit ihren Nägeln. Nach dem Abschlachten der Illianer waren sie wie verrückt! Die Bomben, die sie den Aufsehern abgenommen hatten, wurden in das Loch gelegt. Und eine von ihnen wurde auf die anderen geworfen, was sie zur Explosion brachte.

Eine entsetzliche Erschütterung, dann ein dumpfes Grollen. Die Tür existierte nicht mehr, aber ein Teil der Krypta war eingestürzt, und gleichzeitig war einer der drei Dämme gebrochen, die das Wasser der Wasserfälle zurückhielten. Eine gigantische Wasserlawine ergoss sich in die Krypta.

Herumgewälzt, hochgehoben, untergetaucht, herumgewirbelt gelang es mir trotzdem zu schwimmen! Um mich herum hörte ich, spürte ich, wie die Affenmenschen wimmelten, die in Angst und Schrecken versetzt verzweifelt schwammen und nur von ihrem Selbsterhaltungstrieb getragen wurden.

Einige Meter von mir entfernt erkannte ich die Bruchstelle des Dammes, durch die das Wasser mit dem Getöse eines Orkans ausströmte. Mehr konnte ich dort nicht sehen, denn ich wurde sofort von der Strömung mitgerissen. Eine Art von Strudel saugte mich urplötzlich an. Ich spürte, wie ich mit einer schwindelerregenden Geschwindigkeit hinabfiel.

In meinem Sturz stieß ich mit zahlreichen Affenmenschen zusammen, die von panischer Angst ergriffen versuchten, sich an mich zu klammern. Ich glaube wohl, dass ich manchen von ihnen einen Faustschlag versetzte, um sie zum Loslassen zu bewegen.

Ich prallte schmerzhaft auf Felsblöcke, und verwirrt, blutend, mit einer offenen Schulter und mehreren ausgerissenen Nägeln befand ich mich dort, was ich für einen unterirdischen See unter einem hohen Gewölbe hielt. An seinem Ufer kam ich auf die Beine.

Ich befand mich unter den Aufzugsschächten der Minen.

Um mich herum kamen die Affenmenschen einer nach dem anderen an Land. Kein einziger Illianer.

In der Mitte des Sees erhoben sich drei riesige Rundsäulen auf das Gewölbe zu, das sie zu tragen schienen. Sie ruhten auf enormen Stützen aus Metall und Mauerwerk. Diese Säulen, die ein Phosphoranstrich schwach leuchtend machte, waren hohl und enthielten die Aufzugsschächte, wie ich erkennen musste

In einigen Augenblicken waren sämtliche überlebenden Affenmenschen, ein wenig mehr als tausend, um mich versammelt. Sie umringten mich kreischend, schreiend, sich stoßend, sich wütend drängend. Ouh sah ich nicht.

Nicht ohne Mühe gelang es mir, eine gewisse Ruhe herzustellen, die es mir erlaubte, mich verständlich zu machen.

Ich erklärte diesen Bestien mehr schlecht als recht, dass sie warten mussten und dass ich das Notwendige tun würde, um mit ihnen an die Oberfläche zu gelangen, den Ort, wo sie frei und glücklich wären und so viel essen könnten, wie sie wollten. Man gewährte mir diesen Aufschub.

Ich war schrecklich in Verlegenheit. Wir hatten weder Bomben noch irgendwelche anderen Explosivstoffe zu unserer Verfügung, und ich fragte mich, wie ich mich aus dieser Klemme ziehen sollte ... Ich sah mich schon als Beute der Horde von verrückt gewordenen und verzweifelten Affenmenschen, schrecklicher, als es sich Rair jemals hätte vorstellen können!

Es musste etwas gefunden werden, und zwar schnell. Ich fühlte, wie der brennende Blick der gelben Pupillen der Vierhänder auf mir lastete. Ich täuschte eine vollkommene Sicherheit vor und schickte mich rasch an, die Grotte zu untersuchen, in die wir „geschüttet" worden waren.

Ich verließ das Ufer und näherte mich schwimmend einer der drei riesigen Säulen.

Zu meiner großen Überraschung bemerkte ich in das Mauerwerk eingelassen eine Reihe von Metallstangen, die auf solche Weise angeordnet waren, dass sie die Sprossen einer Leiter bildeten. Ich kletterte sie hinauf, und als ich an dem Gewölbe angelangt war, *stellte ich fest, dass dort eine Falltür vorgesehen war.* Zweifellos diente sie den Arbeitern als Einlass bei Reparaturarbeiten? Ich berührte sie. Sie war verschlossen und gab einen dumpfen Ton ab, der zeigte, dass sie sehr dick war.

Ich klopfte erst sieben, dann drei Mal fest gegen die Falltür. *Das war das Signal, das verwendet wurde, um sich in den Gängen der Pyramide des Rates öffnen zu lassen.*

Ich hatte aufs Geratewohl und ohne jede Hoffnung geklopft, um einem Gedanken zu folgen, der gerade in meinem Gehirn aufgekeimt war.

Fast augenblicklich öffnete sich die Falltür. Das beunruhigte Gesicht eines Offiziers der Miliz erschien in der runden Öffnung.

Meine beiden Hände schlossen sich um seinen Hals. Ich drückte wie wild und mit solcher Wut zu, dass meine Füße von der Metallsprosse abglitten, auf der ich stand, und ich blieb mit den Händen am Hals meines Opfers hängen, das vergeblich versuchte, mich zum Loslassen zu bringen.

Ich spürte, wie der Unglückliche schwächer wurde. Mit einem Schlag gelang es mir, wieder auf der Leiter Fuß zu fassen, und den leblosen Offizier beiseiteschiebend überwand ich die Öffnung …

Ein grelles Licht blendete mich. Ich hatte die Zeit, mehrere Schatten, Uniformen zu erkennen. Und ich wurde sogleich von zehn wütenden Händen gepackt.

Wie sich später erfahren sollte, befand ich mich bei dem Gardecorps, das mit der Überwachung der Fundamente der Aufzüge der Minen beauftragt war.

Der Offizier, der den Posten befehligte, war von der Revolte der Affenmenschen unterrichtet worden. Als er mich klopfen hörte, hatte er geglaubt, es wäre einer der Ingenieure, *die allein das Signal kannten, das dem Führungspersonal vorbehalten war,* und schon wegen der Nachrichten erregt, die ihn gerade erreicht hatten, hatte er instinktiv und unüberlegt geöffnet.

Kommen wir zu mir zurück. Von meinen Angreifern zu Boden gerissen, versuchte ich mit der Kraft der Verzweiflung, mich zu wehren. Vergeblich. Meine Gegner waren zu viele, und sie waren zu sehr daran interessiert, mich gefangen zu nehmen.

„Das ist Xié, der Verräter!", hatte einer von ihnen ausgerufen.

Ich sah ein, dass ich verloren war.

3. Kapitel

Während ich mich auf den Bodenplatten wälzte, meine Angreifer kratzte, sie verzweifelt biss, ohne recht zu wissen, was ich tat, hörte ich Schreie, die mich instinktiv dazu veranlassten, den Kopf zu wenden.

Ich sah …, ich sah aus den Augenwinkeln, zwei der Milizionäre, *die vergeblich versuchten, die Falltür niederzuhalten, gegen die man von außen drückte.*

Anders, als ich gedacht hatte, hatten die Affenmenschen irgendwie die Gefahr gerochen, in der ich schwebte … Sie hatten gesehen, wie ich hinter der Falltür verschwand, und sich sofort aufgemacht, um mich einzuholen.

Einer von ihnen hatte, wie ich später erfuhr, den Kopf durch die Öffnung gesteckt. Eine Unvorsichtigkeit. Ein Milizionär, der ihn bemerkte, hatte ihm den Schädel mit einem Werkzeug gespalten. Und wollte die Falltür wieder schließen.

Aber hinter dem Vierhänder hatten sich Trauben von Affenmenschen an die Leitern gehängt. Diejenigen, die der Falltür am nächsten waren, hatten durch die Öffnung eindringen wollen. Die Illianer, die nicht damit beschäftigt waren, mich zu packen, hatten versucht, die Klappe wieder zu schließen. Zu spät.

Und jetzt lieferten sich Affenmenschen und Illianer einen schrecklichen Kampf. Diese letztgenannten hatten den Vorteil ihrer Stellung. Aber die Vierhänder waren kräftiger und vor allem zahlreicher.

Ich spürte plötzlich, wie sich die Umklammerung löste, die mich umschloss: Von ihren Kameraden gerufen, eilten fast alle Milizionäre, die sich auf mich gestürzt hatten, um ihre Kräfte mit denen der anderen Illianer zu vereinen und die Affenmenschen daran zu hindern, in den Posten des Gardekorps einzudringen.

Der Gedanke, dass noch nicht alles verloren war, dass ich im Gegenteil immer noch triumphieren konnte, gab mir all meine Kräfte zurück.

Vier Illianer waren noch geblieben, um mich festzuhalten. Jeder von ihnen hatte eine meiner Gliedmaßen gepackt. Der eine hatte sein Knie auf meiner Schulter. Ein anderer stützte seine beiden Hände auf meine Brust und mein Handgelenk. Der dritte und der vierte hatten meine Beine im Haltegriff.

Ich spannte meine Muskeln an, und mit einem heftigen Schlag erreichte ich es, dass diejenigen losließen, die meine Arme hielten. Sie wälzten sich über den Boden. Aber die beiden anderen hatten gut festgehalten. Ich konnte mich nicht erheben.

Einer der Illianer, die ich aus dem Weg geräumt hatte, zog einen Dolch aus seinem Gürtel. Er erhob seine Waffe – ich musste einsehen, dass er mir eher die Kehle durchschneiden würde, als dass ich ihm entkommen könnte. Ich stemmte mich dagegen und versuchte freizukommen. Einer der Illianer, die meine Beine festhielten, rutschte ab und fiel zu Boden. Der andere klammerte sich weiterhin an meinen Oberschenkel. Ich war verloren.

„Stirb, Verräter!", knurrte der Mann und senkte seinen Dolch.

Ich wurde nicht getroffen.

Ein entsetzliches und ohrenbetäubendes Geschrei ertönte: Die Affenmenschen brachen in den Raum ein.

Die Illianer, die versucht hatten, die Falltür zuzuhalten, wurden übermannt, in Stücke gerissen … Sie verschwanden buchstäblich, als wären sie zerdrückt, unter einer Lawine verschlungen worden.

Wie in einem Traum sah ich die Milizionäre, die mich bis dahin festgehalten hatten, sich aufrichten und wieder hinfallen. Sie wurden mit wilder Feindseligkeit umgestoßen, zerstampft, zertrampelt, erdrosselt, aufgeschlitzt. Einige Sekunden lang konnte ich die schrecklichen Hohngelächter und Schreie der Vierhänder hören, die sich für die infamen Behandlungen rächten, deren Opfer sie jahrhundertelang waren …

Sie beruhigten sich schließlich – als ihre Feinde nur noch namenloser Brei waren.

Zum ersten Mal seit meinem Ausbruch fragte ich mich, ob ich das Recht hatte, diese Bestien freizulassen … Angesichts der mit Blut verschmierten Affenmenschen, denen ihre gelben Augen aus dem Kopf traten, ihr Maul in einer bösen Freude verzogen, schämte ich mich beinahe dafür, die Menschen verraten und mich mit diesen Bestien verbündet zu haben.

Als ich den Kopf wandte, fielen meine Blicke mechanisch auf einen Dienstbefehl, unter dem ich den Namen Rair las. Dieses einzige Wort genügte, um meine letzten Zweifel und meine ersten Gefühle eines Bedauerns wegzuwischen. „Möge Illa untergehen, möge die Zivilisation untergehen", dachte ich, „wenn nur Rair stirbt!"

Als sich meine Gehilfen ein wenig beruhigt hatten, was ungefähr eine gute Viertelstunde in Anspruch nahm (und trotz meiner Ungeduld, konnte ich nichts tun, um diese Zeitspanne abzukürzen), ließ ich sie nach dem Schlüssel für die gepanzerte Tür der Gardekorpswache suchen, ein Schlüssel, der gewiss im Besitz eines der Milizionäre war.

Die Vierhänder wateten durch den blutigen Schlamm, der alles war, was von den Illianern noch blieb, und durchwühlten ihn.

Die Schlüssel wurden gefunden, die Tür geöffnet. Sie führte zu einem der Aufzugsschächte.

Die Milizionäre, die gerade massakriert worden waren, hatten nicht daran gedacht oder nicht die Zeit gehabt, ihre kritische Lage zu melden. Der Aufzug stand auf dieser Ebene. Der Affenmensch, der mit seiner Bedienung betraut war, wurde sofort umringt, übermannt, ausgelöscht … Für seine Artgenossen war er ein Verräter. Die Vierhänder in den Minen nährten eine Eifersucht, einen wilden Hass auf diejenigen ihrer Rasse, die, glücklicher als sie, andernorts eingesetzt waren.

Der Aufzug konnte höchstens dreißig Personen aufnehmen. Wir waren zwölfhundert.

Ich stellte mit einigen Schwierigkeiten Ruhe her und erklärte meinen Verbündeten, dass sie hinaufklettern müssten, indem sie sich der Stahlführungen, der Kabel und der Leitungen aller Art bedienten, die innerhalb des Schachtes angebracht waren. Was mich betrifft, so war ich zu schwach und zu erschöpft, um es ihnen gleichzutun, und ich richtete mich auf den Schultern eines von ihnen ein.

Ich hätte den Aufzug benutzen können, aber ich sah ein, dass die Vierhänder dann misstrauisch geworden wären, und ich musste um jeden Preis ihr Vertrauen behalten. Andererseits konnte es sein, dass der Aufzug, oben angekommen, von Milizionären oder Soldaten umstellt war.

Das war ein seltsamer Korso. In dem zylinderförmigen Schacht, dessen Wände eine grünliche Phosphoreszenz abgaben, kletterten die Affenmenschen schweigsam wie Phantome hinaus und hinterließen rote Spuren.

An die Schultern Torgs geklammert, eines gigantischen Vierhänders, der meine Gegenwart auf ihm nicht wahrzunehmen schien, von den anderen Kletterern gestoßen, durchgerüttelt, getreten, mit einer solchen Heftigkeit bedrängt, dass ich alle Mühe der Welt hatte, um mich festzuhalten, und ich keuchte nach Luft und litt entsetzlich unter meinen Blessuren.

Die Affenmenschen kletterten mit einer schwindelerregenden Geschwindigkeit. In weniger als einer Minute passierten wir die Stockwerke, welche die Erzlager enthielten, und diejenigen, in denen die Munitionsbestände aufbewahrt wurden. Aber keine Öffnung ermöglichte dort einen Zutritt. Die Aufzüge, die dorthin führten, befanden sich an anderer Stelle.

Schließlich kamen wir auf der Höhe einer Tür an, die verschlossen war. Ich erkannte sie. Es war die Tür, durch welche die Schweine und die Affen in die Ställe gebracht wurden, die für die Blutmaschinen bestimmt waren.

Sie musste um jeden Preis geöffnet werden. Von einem Augenblick zum anderen − ich, ich wusste das − würde Rair von der Revolte unterrichtet werden, wenn er es nicht schon war! Vielleicht wurden wir gesucht. Und nichts wäre leichter, als uns zu vernichten, zusammengepfercht wie wir in dem engen Aufzugsschacht waren.

Auf meinen Befehl hin hielten die Affenmenschen inne. Fünfzig von ihnen rissen mehrere Stücke von den enormen runden Schienen aus Nickelstahl heraus, die dem Aufzug als Führungen dienten. Dreizehn dieser Stücke wurden mit Hilfe der Leitungsdrähte zu einem Bündel zusammengebunden, die der Wand entnommen waren, und bildeten so eine Art Rammbock, der mindestens zweitausend Kilo wog.

Unser rudimentärer Rammbock wurde langsam hin- und herbewegt und dann gegen die Tür geschleudert, die beim ersten Aufprall in Stücke flog.

Durch die klaffende Öffnung stürzten die Affenmenschen wie Teufel brüllend voran, ohne an die Gefahr zu denken, ohne an irgendetwas zu denken. Das war ein lebendiger Wasserfall, eine Flut, mit der man hätte Deiche brechen können. Ich wurde von dem gigantischen Torg mitgenommen.

Wir durchquerten einen großen Saal, wo sich einige Illianer aufhielten. Ich habe sie nicht gesehen. Als ich dort ankam, waren sie bereits zu Brei geschlagen.

Und nachdem eine zweite Tür niedergerissen war, befanden wir uns in den Ställen.

Ein runder Saal mit einem Durchmesser von ungefähr hundert Metern, dessen Boden die Form eines vierstufigen Trichters aufwies[11]. Auf diesen Stufen, die durch hohe Gitterzäune aus Metall voneinander getrennt wurden, befanden sich zusammengesunken Tausende von Affen und Schweinen. Die meisten von ihnen dämmerten unter dem Einfluss der Schlafmittel vor sich hin, die ihrer Nahrung beigemischt wurden.

In der Mitte des Trichters war eine runde Öffnung angeordnet. Durch diese Öffnung glitten die Tiere automatisch, die zum Schlach-

---

11 Die Form einer Zirkusarena. Aber die Illianer kannten offenbar keinen Zirkus. (Anm.d. Verf.)

ten vorgesehen waren. Rollbahnen, die in gewisser Weise die Speichen des riesigen Runds darstellten, brachten die von den Biologen ausgewählten Tiere zu dem Loch, ohne dass jemand hätte eingreifen müssen.

Von der Decke fiel ein schwaches Dämmerlicht herab, das über Leitungen aus Spezialglas von den Sonnenlichtkondensatoren herkam. Es herrsche ein heißer und beißender Gestank.

Die Affenmenschen waren angesichts dieses Spektakels verblüfft stehen geblieben.

Ihr erstauntes Kreischen weckte einige Schweine auf, die grunzten. Das war das Signal für ein scheußliches Massaker. Aber ich konnte nichts machen.

Außer der Tür, durch die wir hereingekommen waren, hatte der Stall keine andere Öffnung als das runde Loch, das sich auf dem Boden des Trichters befand.

Nicht ohne Mühe (ich war von Torgs Schultern herabgestiegen) bahnte ich mir einen Weg bis zum Rande dieses Schachtes, der, wie ich wusste, in die Schlachthöfe führt.

Ich ließ mich in die Öffnung gleiten und fiel, ohne mir wehzutun, in eine Art Trog. Ich hatte gerade noch Zeit, mich zur Seite zu werfen, denn als mich die Affenmenschen verschwinden sahen, stürzten sie sich in den Schacht ... Sie fielen in blutigen Trauben herab und stießen dabei ein raues Gebell aus.

Der Saal des Schlachthofes war leer. Oberhalb des unter dem Schacht angeordneten Trogs hingen Rohre aus Metall par excellence mit Saugglocken an der Decke. Und an den Wänden aufgereiht waren viele Hilfsmaschinen zu erkennen: die Pressen, die Schneidbänke, die Agglutinatoren.

Die Tröge – es gab sieben davon – verliefen durch die Wand und endeten im Blutmaschinensaal.

Auf der gegenüberliegenden Seite war eine Tür in die Wand eingelassen. Ich ließ sie aufbrechen.

Was ich sah, werde ich niemals vergessen, sollte ich auch bis in Ewigkeit leben.

Auf Gitterrosten ausgesteckt schliefen in einem länglichen Saal Tausende von menschlichen Wesen. Ich erkannte sie an ihren Anzügen. Nourianer. Sie schliefen. Ja, einen hypnotischen Schlaf. Ihre Gesichtszüge waren ruhig, zumindest diejenigen der Mehrheit von ihnen. Manche von ihnen hatten das Gesicht dagegen zu furchtbar hässlichen Grimassen verzogen. Zweifellos waren sie der Spielball grauenhafter Träume.

Ich beugte mich über einen von ihnen und erkannte an der Verbindungsstelle zwischen dem Hals und der Schulter die blaue Einstichstelle einer Injektionsnadel.

Diese Nourianer, das waren die unglücklichen Opfer, die sich Rair hatte ausliefern lassen, um die Blutmaschinen zu beschicken. Alle waren junge Leute von guter Gesundheit. Sie waren von Illas biologischer Kommission sorgfältig ausgewählt worden. Diese Unglücklichen hatten Mütter, Verwandte, Verlobte. Und sie würden auf gemeine Art sterben, geschlachtet wie das Vieh!

Rair hatte sie in seiner infamen Voraussicht in Schlaf versetzen lassen, damit ihre Ängste und ihre seelischen Qualen ihrer Gesundheit nicht schadeten. So würde ihr Blut rein bleiben, frei von Toxinen, und sie würden in perfektem Zustand den sinistren Maschinen zugeführt werden.

Die Affenmenschen waren stumm, verstört stehen geblieben. Die Gegenwart dieser Tausenden von Toten – denn die Vierhänder konnten zwischen dem Schlaf und dem Tod nicht unterscheiden – erfüllte sie mit einer Art von Entsetzen. Der bläuliche Glanz, der von der Decke herabsickerte und der den leblosen Körpern, die auf den Gitterrosten ausgestreckt waren, eine bleiche und fahle Färbung verlieh, trug noch dazu bei, ihre Illusion aufrechtzuerhalten.

Ich zitterte heftig; mich erfüllte eine solche Abscheu, dass ich fürchtete, den Verstand zu verlieren. Ich nahm mich zusammen und rief mir meinen Hass auf Rair in Erinnerung, um alle anderen Gefühle zu verjagen, die in meinem Gehirn im Widerstreit lagen.

Ich durchquerte den Saal. Als ich die Tür fast schon erreicht hatte, die sich hinten befand, öffnete sich diese. Es erschien ein Dutzend Illianer, darunter die Biologen und die Physiologen des Obersten Rates. Sahen Sie die Affenmenschen? Hatten sie die Zeit dazu?

Sie wurden umringt, gestoßen, niedergetrampelt, ausgelöscht.

Ein nervöses Lachen schüttelte mich; ich hatte eine Anwandlung von Sympathie für die Affenmenschen, die gerade, ohne es zu wissen, ein Werk der Gerechtigkeit getan hatten, indem sie die Mörder vor ihren Opfern exekutierten.

Was ist noch hinzuzufügen? Wir verließen den grauenvollen Schlafsaal, das Vorzimmer des Todes. Wir eilten durch Gänge … Sämtliche Illianer, die wir antrafen, wurden umgebracht.

Und es gelang uns, die Munitionsvorräte zu erreichen.

Die Geschwindigkeit unserer Bewegung war so hoch gewesen, dass die Illianer, die zur Suche nach uns ausgeschickt worden waren, erst in den Höhlen mit den Explosivstoffen auf uns treffen konnten.

Ich wählte Sprengbomben aus und verteilte sie unter meine Gehilfen – dies waren die einzigen Waffen, mit denen sie wirkungsvoll umgehen konnten. Es gelang mir ziemlich leicht, ihnen ihre Wirkung zu erklären und ihre Handhabung zu zeigen.

Außerhalb der Krypten erwarteten uns in dem Gang Milizionäre, Krieger. Wir wurden mit Magnetbomben, Projektilen aller Art, Giftgasgranaten überschüttet.

In Panik, in Schrecken versetzt warfen die Affenmenschen ihre Sprengbomben aufs Geratewohl und massakrierten einander selbst. Es gelang mir, ungefähr hundert in meinem Gefolge mitzunehmen. Wir brachen durch die erschreckten Illianer und rasten die Gänge entlang. Aber je weiter wir vorankamen, desto mehr lichteten sich die Reihen meiner kleinen Truppe auf schreckliche Weise. Die einen stürzten, andere wurden getötet, viele wandten sich kopflos rückwärts und wurden sogleich von den Illianern niedergemacht, die sich hinter uns neu formierten.

Bald war ich nur noch von zehn bis zwölf Vierhändern umgeben, von denen die meisten verletzt waren und mit blinder Wut um sich schlugen, ohne noch genau zu wissen, was sie taten.

Ich wäre verloren gewesen, wenn mich nicht mehrere der Milizionäre erkannt hätten, die uns bekämpften.

Dies waren alte Waffengefährten. Unter meinem Befehl hatten sie gegen die Nourianer gekämpft und sie besiegt. Ich las in ihren Augen ihre Gefühle.

Sie rückten auseinander, um mich durchzulassen. Solange ich lebe, werde ich die Getreuen, diese Tapferen niemals vergessen, die sich der Gefahr von Foltern aussetzten, um ihren flüchtenden Vorgesetzten zu retten!

Ich sprang durch die verlassenen Gänge. Plötzlich hatte ich all meine Ruhe zurück. Wenig hatte gefehlt, und ich hätte geglaubt, ich wäre zum Spielball eines Albtraums geworden. Aber leider! Ich wusste, es wäre unerbittlich mein Tod, wenn ich überrascht wurde!

Plötzlich tauchte hinter der Biegung eines Ganges ein Offizier der Miliz auf. Meine Dolchfeile senkte sich sogleich in seinen Hals. Und einige Augenblicke später gelangte ich in der Uniform meines Opfers wieder auf die Terrassen von Illa.

Es war Nacht. Die von den Aerionen Nours angerichteten Verwüstungen waren noch sichtbar. Einige hundert Meter von mir entfernt gewahrte ich den riesigen Graben, der es ermöglicht hatte, die Stangenbohrer aufzuhalten und zu vernichten. Er stand immer noch gähnend offen.

4. Kapitel

Die Terrassen waren menschenleer. Befehl von Rair, der erwartete, die revoltierenden Affenmenschen auftauchen zu sehen und daher seine Vorkehrungen getroffen hatte, um sie zu zerschmettern, wenn sie sich zeigten, ohne befürchten zu müssen, die Illianer zu massakrieren.

Die Sonnenlichtprojektoren, die im Übrigen zum größten Teil von den Nourianern zerstört worden waren, funktionierten nicht oder nur sehr wenig.

Ein diffuses Dämmerlicht herrschte auf den Terrassen. Es war das erste Mal, dass ich Illa auf diese Weise sah. Die phosphoreszierenden Wände der gigantischen Pyramide des Großen Rates verliehen ihr ein fließendes und unwirkliches Aussehen. Wirklich ein schönes Schauspiel, aber ich konnte nicht umhin, daran zu denken, dass sich in der Spitze dieser Pyramide Rair bereithielt, um sein zerstörerisches Werk von Blut und Tod zu vollenden.

Von einem Augenblick zu anderen konnte ein Projektor zu strahlen beginnen und sich auf mich richten. Dann wäre ich verloren.

Ich musste fliehen … fliehen … Aber wohin? Und wie? In dem unermesslichen Graben, der Illa umgab, konnte ich das dumpfe Brummen der Maschinen und die Pfeifen der Vorarbeiter und Ingenieure hören.

Die Aufräum- und Wiederaufbauarbeiten gingen Tag und Nacht weiter. Es musste dort in unmittelbarer Umgebung der Baustellen zahlreiche Milizionäre geben. Und ich würde nicht ein zweites Mal das Glück haben, auf großherzige Menschen zu treffen. Einmal festgenommen, würde dies den Tod bedeuten.

Was tun? Ja, was tun?

Während ich durch die Gänge Illas irrte, bevor ich die Terrassen erreichte, hatte ich mich in hohem Maße wieder aufgerichtet. Es war die Stunde, da Rair die Nährströme der Blutmaschinen in Gang setzen ließ. Das war mir zugutegekommen, und seit ich in die Minen geschickt worden war, hatte ich mich niemals so kraftvoll und so frisch und munter gefühlt. Mit einem wütenden Schamgefühl gestand ich mir ein, dass Rairs Erfindung wirkungsvoll war. Grausam, aber wohltuend. Meine gegenwärtige Kraft schuldete ich jedoch zweifellos dem Blut eines Menschen wie ich! Dieser Gedanke verärgerte mich.

Dies war nicht die Zeit zu philosophieren, sondern zu handeln.

Unbeweglich zwischen zwei riesigen Mauerwerksblöcken, die von der Explosion einer Flugbombe aufgetürmt worden waren und die mich vollständig verbargen, machte ich mich daran, ein wenig Ordnung in meine Gedanken zu bringen, meine Lage und vor allem die Möglichkeiten zu betrachten, sie zu ändern.

Ein leises Knarren hinter mir ließ mich herumfahren.

Ein Blutstrom stieg mir in die Wangen: Aus einem der benachbarten Schächte war ein Mann aufgetaucht. Ich konnte sein Gesicht nicht sehen, denn es lag im Schatten, aber ich erkannte seine Silhouette, seinen Gang.

Limm! Das war Limm, Rairs Spion, derjenige, der gekommen war, um mich in meiner Verzweiflung zu beschimpfen, als ich zum Tier degradiert worden war, derjenige, der mir schon lange nachspioniert hatte, dessen war ich sicher, und der aus Eifersucht, aus purem Neid heimlich meinen Untergang geplant hatte.

Ich vergaß alles, die große Gefahr, in die ich mich begab, mein sicheres Verderben, wenn ich wieder gefasst würde.

Zitternd wartete ich. Die Richtung, die Limm einschlug, würde ihn kaum drei oder vier Schritt von meinem Versteck entfernt vorbeikommen lassen.

Ich zog meinen Dolch, eine primitive Waffe, die mich an die traurigsten Stunden meines Daseins erinnert. Und ich wartete.

Limm – er war es wirklich! – kam näher.

Ich wartete nicht lange genug. Wegen meiner Ungeduld wäre ich fast verloren gewesen. Wie ein Narr stürzte ich aus meinem Versteck hervor und warf mich auf den Spion.

Trotz meiner Milizionärsuniform, trotz des herrschenden Halbdunkels erkannte er mich augenblicklich.

„Xié!", rief er aus und wich einen Schritt zurück.

Er führte die Hand zu seinem Gürtel, aber ich war schon auf ihm. Mein Dolch senkte sich bis zum Heft zwischen seine Rippen. Er fiel zu Boden und stieß einen heiseren Schrei aus.

„Ich kann jetzt sterben", knurrte ich, „denn ich habe dich gekriegt, verfluchter Halunke!"

Ein Ausdruck von Spott und von Wut verzerrte die Gesichtszüge des Spions:

„Dummkopf!", zischte er.

Und gleichzeitig mit dieser größten Beleidigung spritzte ein Blutstrahl zwischen seinen Lippen hervor. Er war tot.

Ich musste mich zurückhalten – ich gestehe es! –, um mich nicht über seinen Leichnam herzumachen, um nicht so wie die Affenmenschen zu handeln, deren Leben ich so lange geteilt hatte.

Ein letzter Rest von Menschlichkeit – es war nicht folgenlos geblieben, dass man mich auf die Ebene des Tiers degradiert hatte! – hielt mich zurück.

Ich durchsuchte den Spion und fand bei ihm die mit dem Siegel Rairs gekennzeichnete kleine runde Plakette aus *Illium*[12], die dazu diente, dass das Volk die großen Würdenträger von Illa erkannte.

Ich war tatsächlich einer der wenigen, die Limm *kannten*. Zahllose Illianer wussten von seiner Existenz, hatten ihn aber nie gesehen oder ahnten zumindest nicht, ihn gesehen zu haben. Er zeigte sich überall, aber unter verschiedenen Namen und mit immer verändertem Aussehen.

Die Plakette, die ich ihm abgenommen hatte, konnte mich vielleicht retten!

In den Monaten, die ich in der Mine eingeschlossen war, hatten sich meine Gesichtszüge beträchtlich verändert. Dank der Uniform, in die ich gekleidet war, und der Plakette, die ich besaß, hatte ich gute Chancen, nicht erkannt zu werden …

In den Kleidern Limms fand ich auch ein kleines tragbares Telefon, das ihm dazu diente, mit Rair zu sprechen, wo immer er sich auch befand. Und dann eine kleine Schachtel, die ein Paar Handschuhe enthielten, deren drei mittlere Finger in kurzen, sehr scharfen Spitzen endeten – wahrhaftige Krallen.

Nun hatte ich ja von der seltsamen Fähigkeit Limms reden gehört.

Bei mehreren Gelegenheiten waren Gerüchte im Umlauf gewesen … Die Leute hatten erzählt, *dass die einfache Berührung des Spions genügte, um den Tod herbeizuführen, wenn er es wollte.* Drei Mitglieder des Obersten Großen Rates, die es sich erlaubt hatten, Limm zu kritisieren, waren so umgekommen, ohne dass man erahnte, wie.

Ich wusste es jetzt. Diese Handschuhe, diese Krallen! Diese Spitzen waren gewiss mit einem fulminanten Gift bestrichen. Deshalb hatte Limm die Handschuhe in einer Metallschachtel verschlossen – aus Angst, sich daran zu verletzen.

Ich nahm sie an mich und zog sie an.

Nachdem ich den Leichnam des elenden Banditen unter die Mauerwerksblöcke gezogen hatte, die mir als Unterschlupf gedient hatten, beschloss ich, es mit Wagemut zu versuchen und wandte mich der Kuppel zu, welche die kleinen Aerionen der Polizei beherbergte.

---

12 Ein Metall, zu dem Xié keine Angaben macht. (Anm.d.Verf.)

Ich konnte nicht nur erwarten, nicht erkannt zu werden, sondern besaß auch das Mittel, denjenigen zum Schweigen zu bringen, der mich erkennen würde.

Ich brauchte dem vor der Tür stehenden Wachposten nur die Illiumplakette zu zeigen, damit mich der Mann passieren ließ, ohne mich etwas zu fragen. Ich betrat die Wache und verlangte, zu dem diensttuenden Offizier geführt zu werden.

Man brachte mich sofort und mit den servilsten Zeichen des Respekts in einen kleinen Raum, der mit einem Tisch, einem Stuhl und einem Feldbett eingerichtet war.

Der Offizier, ein erst kürzlich beförderter, erkannte mich nicht – ich dagegen wusste sehr wohl, wer er war. Lange Zeit war er Mitglied meiner persönlichen Garde gewesen. Aber die Illiumplakette hatte ihm jeden Scharfblick genommen.

„Befehl von Rair!", machte ich, ohne mir Mühe zu geben, meine Stimme zu verstellen. „Lassen Sie ein Aerion mit einem erfahrenen Piloten hinausbringen. Ich habe eine Kontrolle durchzuführen. Beeilen Sie sich!"

Der Mann beeilte sich und zitterte vor Angst, dass ich nicht zufrieden sein könnte.

Weniger als fünf Minuten später hatte ich mich Seite an Seite mit einem Aeristen in einem Fluggerät von geringer Größe niedergelassen.

„Auf fünfhundert Meter!", befahl ich.

Wir stiegen in den von Sternen übersäten Himmel auf.

Ich wusste so ungefähr, wie man mit Geräten dieser Art umgeht. Aber während der Monate, die gerade vergangen waren, hatte ich so viele Dinge vergessen, dass ich es für notwendig hielt, die Handbewegungen meines Begleiters zu beobachten. Ich ließ ihn zahlreiche Manöver sowohl in vertikaler als auch in horizontaler Richtung durchführen. Er stieg hoch, er ließ sich fallen, er schwebte, er verlangsamte, beschleunigte. Er musste mich schließlich für verrückt halten.

Nachdem ich ihn auf ungefähr tausend Meter hatte steigen lassen, wollte ich die Krallen meines Handschuhs in die Schulter schlagen, als ich die Notwendigkeit empfand, mich zu informieren.

Mit geschickten Fragen versuchte ich zu erfahren, was aus Fangar geworden war, seinem Chef.

Die Illiumplakette hatte ihn verdummt. Er antwortete mir so idiotisch, dass ich nicht darauf beharrte, und ich erkundigte mich nach Grosé, dem Kommandanten der Miliz.

„Er wurde als Komplize des gemeinen Verräters Xié exekutiert!",
machte der Aerist. „Er war der letzte, der von siebenhundertdrei-
undsechzig Verschwörern daran glauben musste Neun Mal wurde
seine Hinrichtung unterbrochen, damit das Volk kommen konnte, um
ihn in der Desintegrationskugel zu betrachten! Mir ist es gelungen,
dreimal nacheinander hinzugehen, und zwar dank meiner Schwester,
die mit einem Cousin der Tante eines Mitglieds des Großen Rates
verheiratet ist! Das war ..."

Gleißende Strahlen von violettem Licht streiften über den Himmel.
Elektrische Entladungen erfolgten so nahe an uns, dass der Motor des
Aerions vibrierte.

Womit? Wie? Ich weiß es nicht. Aber meine Flucht war entdeckt
worden!

Ich schlug die drei Krallen meines Handschuhs wild in die Schulter
des Aeristen, der seine Schalthebel losließ und erschlaffte.

Mit meinem Dolch, den ich zuvor in die linke Hand genommen
hatte, schnitt ich den Gurt durch, der den Leichnam an dem Gerät
hielt, und stürzte den Körper ins Leere. Dann übernahm ich die Steuerung und wandte mich direkt nach Norden, nach Nour.

Von nun an hatte ich kein Vaterland mehr.

Das Aerion war neu und schnell. Der Geschwindigkeitsmesser
zeigte fast sogleich siebenhundert Kilometer in der Stunde an. Aber als
ich mich umwandte, konnte ich sehen, dass sich bereits mehrere
Fluggranaten auf meine Verfolgung gemacht hatten.

Ich gewann an Höhe. Auf zehntausend Metern tauchte ich in
dichte Wolken, deren eisige Feuchtigkeit mich durchdrang.

Ich atmete sehr schwer.

Während der folgenden Minuten befand ich mich in einem fast
bewusstlosen Zustand. Das Glück oder wohl auch ein geheimer
Instinkt ließen mich das Gerät auf dem richtigen Kurs halten.

Ich durchquerte die Zone der Schutzmasten und wäre beinahe
tödlich getroffen worden. Ein heftiges Gewitter, das in diesem Augenblick losbrach, rettete mich, indem es die elektromagnetischen Ströme
ablenkte, die mich hätten vernichten sollen.

Kurz darauf wäre ich fast abgestürzt, da ich mich dem Boden auf
weniger als zweihundert Meter genähert hatte. Ich erkannte, dass ich
das Territorium von Illa verlassen hatte. Ich befand mich bei unseren
Feinden, den Nourianern.

Ich verlangsamte den Lauf des Motors: Umso besser, die Leistungs-
akkumulatoren waren fast leer.

Unter mir nahm ich eine chaotische Ansammlung felsiger Hügel wahr, die ich gut kannte: Zwischen diesen Anhöhen war es, wo ich vor einigen Jahren die Armee von Nour vernichtend geschlagen hatte. Und so sah meine Belohnung aus: ein Flüchtling im Exil, nachdem ich das Schicksal der Affenmenschen geteilt hatte!... Oh, Rair!

Ich erkannte schließlich ein enges Tal, das mir zur Landung geeignet zu sein schien. Aufgrund der Dunkelheit nicht ohne Schwierigkeiten ging ich runter, und es gelang mir, auf dem Boden aufzusetzen, ein wenig heftig zwar, aber ohne mir wehzutun.

Meine Unentschlossenheit kehrte zurück. Wie würde ich von diesen Nourianern aufgenommen werden, die ich zweimal besiegt hatte? Würden sie in mir das Opfer Rairs oder ganz einfach nur den Henker ihres eigenen Landes sehen?

Es konnte sein, dass sie mich ohne Prozess umbringen würden. Sie mussten angesichts ihrer Niederlage und dieser schrecklichen Verpflichtung erbittert sein, die Illianer die besten Vertreter ihrer Jugend auswählen und sie dem größten Opfer zuführen zu lassen.

Der Kampf, den ich gegen die Elemente geführt hatte, hatte mich ermüdet. Und dann würde ich früher oder später dazu gezwungen sein, mir Nahrung zu verschaffen. Tatsächlich kannten die Nourianer – zu ihrem Glück! – die schrecklichen Blutmaschinen nicht, die der Ernährung der Illianer dienten. Natürlich ernährten sie sich wie die Tiere. Vielleicht hatten sie damit recht! Seit meiner Gefangenschaft in den Minen hatten sich viele meiner Vorstellungen geändert, die den Wert der Zivilisation betrafen.

Ich schob mein Gerät in ein dichtes Gebüsch von Dornensträuchern, wo es beinahe verschwand, und nachdem ich mich mithilfe meiner Erinnerung an den Krieg orientiert hatte, wandte ich mich einem kleinen Holzfällerdorf zu, vom dem ich wusste, dass es einige Kilometer nach Norden lag. (Meine Krieger hatte es verwüstet; aber da der Mensch so stur ist und dazu neigt, an den Orten zu bleiben, die seine Geburt gesehen haben, war es vielleicht wieder aufgebaut worden?...).

Ich machte mich auf den Weg. Die Wirkung der Schwerkraft, die ich voll und ganz spürte, zwang bei jedem Schritt zu einer neuen Anstrengung. Aber ich gewöhnte mich ziemlich schnell daran und kam bald auf natürliche Weise voran.

Von Zeit zu Zeit vernahm ich ein Zischen: Das waren die zahllosen Schlangen, die sich in dieser verlassenen Gegend herumtrieben und damit ihre Wut zum Ausdruck brachten, wenn ich mich näherte. Während meines Feldzugs gegen die Nourianer war eine große Zahl

meiner Krieger gebissen worden, und sie wären ohne die Seren umgekommen, mit denen wir uns immunisiert hatten.

Mit einem kleinen Ast bewaffnet, der mir dazu diente, die Reptilien
fernzuhalten, schritt ich in der Nacht voran.

Ich war so seit einer guten halben Stunde weitergegangen, als ich,
nachdem ich an einem riesigen, mit Kletterpflanzen bewachsenen Felsblock vorbeigekommen war, zu meiner Rechten einen Glanz gewahrte.

Nun war der Ort, das wusste ich, vollkommen verlassen; der Sand-
boden brachte nur Dornensträucher und Schlangen hervor.

Ich wollte mich vergewissern.

Ich zog mir den schrecklichen Krallenhandschuh an, den ich Limm
abgenommen hatte, legte mich flach auf den Bauch und kroch zwischen den kleinen Büschen durch, die um mich herum wuchsen.

Der Glanz war ganz nah. Bald erkannte ich, dass er aus einer
Felsspalte austrat.

Ich näherte mich, bis ich den Felsen berühren konnte, und heftete
mein Auge an die Felsspalte. Ich bemerkte drei Äste, die im Dreieck
aufgestellt waren und über einem Holzfeuer einen großen Behälter aus
Ton trugen, der an Bändern aus geflochtener Rinde hing. Ein paar
schlecht gegerbte Leopardenfelle waren auf dem Boden ausgebreitet.
Und in die Felswände, durch die sehr viel Feuchtigkeit sickerte, waren
Holzpflöcke eingelassen, die dazu dienten, große Fleischstücke
aufzuhängen. Die Höhle – denn dies war eine Höhle – konnte
fünfzehn bis zwanzig Meter lang und vier bis fünf breit sein.

Aber wo war dann ihr Bewohner? Ich versuchte, ihn zu finden …

In diesem Augenblick nahmen meine geschärften Sinne ein
Geräusch von Schritten auf dem Moos wahr. Ich wandte mich um und
hatte nur noch die Zeit, mich zur Seite zu werfen, um es zu vermeiden,
dass mein Schädel von einem riesigen Felsbrocken zertrümmert wurde,
den ein menschliches Wesen aus einer Entfernung von drei Schritten
auf mich geworfen hatte. Von der Gefahr rasend gemacht stürzte ich
mich auf den Unbekannten. Ich traf mit ihm zusammen, schlug den
Holzspieß zur Seite, mit dem er mich durchbohren wollte, und drückte
ihm mit all meiner Kraft die drei Krallen des Handschuhs in die
Schulter. Er fiel zu Boden und stieß einen dumpfen Schrei aus.

Mein Blut gefror mir fast in den Adern: Ich hatte die Stimme Fangars erkannt, des Kommandanten der Aeristen, Fangars, meines besten
Freundes! Ich warf mich fast auf ihn.

Er lag schon im Sterben. Seine außergewöhnlich robuste Konstitution hatte es möglich gemacht, dass er nicht auf der Stelle starb, und
dann war das Gift, mit dem die Krallen des Handschuhs getränkt

waren, zweifellos zu einem großen Teil im Körper des Aeristen geblieben, den ich getötet hatte. Limm musste die Krallen seines Handschuhs nach jedem Mord wieder in das Gift tauchen, zumindest nehme ich das an.

„Fangar!", rief ich mit tränenerstickter Stimme aus.

„*Xié!... Ah!...*", murmelte der Sterbende. „*Welches ... Unglück!... Ich bin entflohen ..., denn die Nou...rianer hatten mich gefangen ... genommen! Hört zu! Silmée lebt, und auch Toupahou. Sie sind ... bei Houno! Und Ilg ... Ilg hat sich ... mit dem Stein ... versteckt. Ilg ist bei dem ... großen Zauberer Akash!... Ich ... Ich ...*"

Wie ein Verrückter mit offenem Mund keuchend, die Augen weit aufgerissen, meine Arterien pochend, als wollten sie zerspringen, starrte ich auf den Sterbenden und wagte nicht, ihn zu unterbrechen, wagte nicht zu sprechen.

Fangar warf mir einen durchdringenden Blick zu, der mich erzittern ließ.

Er richtete sich auf und mit einer veränderten Stimme, die nicht mehr die seine war, sprach er deutlich diese Worte aus:

„Ich verzeihe Euch, Xié! *Illa ist verloren!* Adieu!"

Seine Augen verblassten. Ein Seufzer entfloh seinen Lippen. Er fiel in das Ewige zurück.

5. Kapitel

Es bleibt mir jetzt nur noch wenig zu sagen; auch gut, ich werde sterben ... Ich habe es gewollt. Und jetzt folgten die Wirkungen meiner Entschlossenheit rasch aufeinander. Eine Tat ist wie ein Stein, den man schleudert – ist er einmal eurer Hand entflohen, setzt er seinen Weg fort, ohne dass ihr etwas tun könnt, um ihn umzulenken oder zu verlangsamen.

Ich habe alle Schmerzen, alle Ängste durchlitten. Alles, was man ertragen kann, ohne zu sterben, habe ich ertragen. In einigen Augenblicken wird von Illa nichts mehr bleiben. Nichts. Selbst dieses Manuskript wird vielleicht in seine Bestandteile zerlegt, obwohl ich meine Vorkehrungen getroffen habe, damit es überlebt.

Limm hatte recht. Ich bin ein Dummkopf. Ich habe mit der grauenhaften Ungerechtigkeit meiner Zeitgenossen mir gegenüber noch nicht genug. Ich muss mich auch dem Urteil der Nachwelt unterwerfen, derjenigen, die diese Zeilen finden und die, wie meine Zeitgenossen, schwache, eitle, gierige, skrupellose Menschen sein werden.

Nehmen wir diese *Memoiren* wieder auf.

Nachdem ich ohnmächtig dem Tod Fangars beigewohnt hatte, meines einzigen Freundes, von mir getötet, von dem infernalischen Limm getötet, der noch im Tod weiterhin Böses tat, blieb ich lange Zeit unbeweglich und, ich spreche das Wort aus, weil ich dafür kein anderes finde, stumpfsinnig wie ein Idiot. Einem Idioten gleich geworden.

Ich weiß nicht, wie ich mich davor zurückhielt, mir die vergifteten Metallkrallen in das Fleisch zu drücken, mit denen ich gerade Fangar ermordet hatte. Der Gedanke, dass Silmée, mein Kind, noch lebte, hätte allein nicht ausgereicht, um mich zurückzuhalten, aber es schien mir, dass ich Limm hämisch lachen sah. Dieser Gedanke, dass ich selbst die Rache von Rairs Spion an mir üben würde, hielt meinen Arm zurück. Ich beruhigte mich.

Ich zog Fangars Leichnam in die Grotte. Der Kommandant der Aeristen war in Lumpen gekleidet, die aus tierischen Überresten genäht waren. Seine einzige Waffe, ein Spieß. In der Höhle nichts weiter als das, was ich durch den Felsspalt gesehen hatte.

Ich begrub den unglücklichen Fangar – mehr als das konnte ich nicht mehr für ihn tun. Und aus Gründen der Vernunft aß ich, ich verschlang die Leopardenfleischbrühe, die in dem großen Tonbehälter kochte.

Ich war wie berauscht. Fangars Tod hatte mich erschüttert, und der Gedanke daran, dass Silmée lebte, machte mich verrückt … Silmée, mein einziges Kind, von dem ich glaubte, es wäre in den Ruinen verschüttet, die von den Erdbohrern Nours hervorgerufen wurden. Wie hatte sie überlebt? Wer hatte sie gerettet?

Und vor allem, lebte sie immer noch? Denn Fangar hatte mir nicht gesagt, wie lange es her war, dass er mein Kind gesehen hatte! Es konnte sein, dass sie inzwischen … Ich zitterte.

Fangar hatte mir versichert, dass Silmée und Toupahou bei Houno waren, bei Houno, dem König von Nour. Zweifellos waren sie verheiratet. Und sehr wahrscheinlich musste Rair das wissen.

Warum ließ er es zu, dass sie in Nour blieben, wenn es nur eines von ihm erteilten Befehls bedurfte, damit Houno die beiden jungen Leute auslieferte? Welche neue Gemeinheit musste ich erwarten?

Ich verbrachte die ganze Nacht in grauenvollem Nachsinnen.

Am Tag durchsuchte ich die Grotte. Ich war überzeugt davon, dass Fangar ein Versteck hatte. Es konnte nicht mit einem Spieß sein, wie er die Leoparden getötet hatten, deren Häute den Boden der Höhe bedeckten. Nachdem ich sie mir genau angesehen hatte, hatte ich auf diesen Bälgen Spuren von Verbrennungen erkannt, die diejenigen ähnelten, wie sie von den Stöcken verursacht wurden, deren sich die Milizionäre Illas bedienten und von denen ich schon gesprochen habe. Ich suchte. Und verborgen in einer Verwerfung des Felsens entdeckte ich schließlich einen tiefen und schmalen Spalt, auf dessen Boden ich nicht nur einen Elektrostock, dessen Akkumulatoren leer waren, sondern auch ein Stück Schiefer[13] fand, auf das Notizen eingeritzt worden waren.

Fangar, der zweifellos befürchtete umzukommen, wollte diese Informationen denjenigen hinterlassen, die seinen Leichnam fanden.

Nicht ohne Mühe, denn diese Notizen waren in einer Geheimsprache verfasst, die nur den Mitgliedern des Obersten Großen Rates und den wichtigsten Führungspersönlichkeiten Illas bekannt war, gelang es mir, einige Sätze zu übersetzen:

„Ilg lebte bei dem großen Zauberer Akash, und seine Anwesenheit dort war niemandem bekannt. Akash und Ilg suchten nach dem Geheimnis des Nullsteins, und alles lässt vermuten, dass der große Zauberer Ilg töten wird, sobald er das Geheimnis gefunden hat. Toupahou und Silmée werden überwacht, und Ilg weiß, wo sie sind. Akash hat es ihm offenbart.

Die Nourianer bereiten irgendetwas gegen Illa vor. Was, das konnte ich nicht in Erfahrung bringen. Meine Waffen sind leer, und ich weiß, dass ich von Rair hingemordet würde, wenn ich zurückkehrte. Ich hinterlasse meinen ganzen Besitz meinem einzigen Freund Xié oder, wenn er ums Leben kommen sollte, seiner Tochter oder deren Kinder. Möge Illa eine glorreiche Zukunft haben. Ich sterbe mit ihrem Namen im Herzen."

Das war alles. Wie kann ich meine Gefühle ausdrücken, als ich diese Zeilen las?... Armer Fangar! Seine letzten Gedanken hatten mir gegolten ... Und ich hatte ihn getötet!

Ganz gleich. Auch ich selbst werde sterben.

Welchen Zweck sollte es haben, wenn ich mich darüber auslasse, was mir dann geschah?

Es gelang mir, Nour zu erreichen. Ich fand eine Stadt in Trauer vor. Um meinen Notwendigkeiten zu genügen, musste ich – ja – musste ich

---

13 Xié schreibt: ein Stück eines sehr dünnen schwarzen Steins. Der Übersetzer hat angenommen, dass er damit Schiefer meinte. (Anm.d.Verf.)

mehrere Nourianer ermorden und berauben. Sie waren Feinde. Und
ich hatte keine Wahl. Ehe ich ihnen etwas schuldete, schuldete ich Silmée etwas und mir selbst.

Und dann werde ich jetzt sterben. Ich weiß nicht, ob nicht einer
meiner Sätze durch den Tod unterbrochen wird, während ich schreibe.
Ich werde bis zum Schluss offen sein.

Eines Nachts habe ich den großen Zauberer Akash aufgesucht.

Dieser Mann, der mächtigste der Nourianer, die äußerst aber-
gläubisch sind, wohnte in einer elenden Hütte, die an die Mauer des
Sonnentempels angebaut war ...

Ich drang dort eines Nachts ein. Die Hütte war leer. Ich sah in ihr
ein ärmliches Bett, ein paar Regalbretter, auf denen sich ein Krug und
ein schwarzer Kuchen befanden. In einer Ecke eine einäugige Katze,
schlafend. Auf dem Fußboden eine halb verfaulte Matte. Und kein
Mensch.

Ich hatte jedoch Akash seit Stunden beobachtet. Ich hatte ihn bei
sich eintreten sehen. Er war nicht wieder herausgekommen.

Ich tastete die Wände ab. Keine Spur von irgendeiner Tür.

Ein leises Quietschen ließ mich zusammenfahren. Ich hatte nur
noch die Zeit, mich unter die Liege zu werfen. Die Matte, die den Boden bedeckte, hob sich an, als sie von einer in den Boden
eingelassenen Falltür bewegt wurde.

Es erschien Akash, ein magerer und knochiger Greis, dessen Nase
und dessen Kinn, die eine so krumm wie das andere, sich beinahe
berührten. Er warf einen misstrauischen Blick um sich, einfach einen
instinktiven Blick, denn er ahnte nichts, und nachdem er die Falltür
wieder geschlossen hatte, ging er hin.

Die Eingangstür der Behausung war kaum wieder ins Schloss
gefallen, da hob ich schon die Falltür an und ließ mich durch die
Öffnung gleiten.

Da war ein Schacht, der von einer qualmenden Laterne beleuchtet
wurde. Holzstufen waren in das Mauerwerk eingelassen. Ich stieg sie
schnell hinab und gelangte in einen horizontalen Gang ungefähr acht
Meter unter der Oberfläche des Fußbodens.

Fast sogleich, weniger als zehn Schritt von der Leiter entfernt,
bemerkte ich über meinem Kopf die Öffnung eines anderen Schachtes,
der, wie es mir aufgrund seiner Lage schien, im Sonnentempel enden
musste Ich kümmerte mich nicht näher um dieses Detail und schritt
weiter voran. So gelangte ich an ein starkes Gitter, das den Gang in
seiner ganzen Breite und in seiner ganzen Höhe versperrte. Seine

Stangen waren enorm dick und so dicht angeordnet, dass es unmöglich war, den Finger hindurchzustecken.

Der Schlüssel war in dem riesigen Schloss verblieben. Ich öffnete, zog das Gitter zu mir her und gewahrte Ilg, den Elektriker, Ilg, den Verräter. Er stand vor einem großen Ofen, auf dem Retorten siedeten. Die Helligkeit des Feuers wurde von seinem mageren Gesicht zurückgestrahlt und verlieh ihm ein abscheuliches Aussehen.

Er war so mit seiner Aufgabe beschäftigt, dass er nicht gehört hatte, wie das Gitter sich öffnete. Ich kam bis zu ihm hin, ohne dass er etwas gemerkt hätte, und mit einem Faustschlag in den Nacken streckte ich ihn zu meinen Füßen nieder.

Nachdem er einige Sekunden lang betäubt gewesen war, kam er wieder zu sich und erkannte mich.

„Komm!", befahl ich. „Oder stirb!"

Ich ersparte ihm Erklärungen und Fragen, indem ich ihm nur den Krallenhandschuh zeigte, den ich Limm abgenommen hatte. Er kannte ihn. Er wurde blass

„Das Stück Nullstein!", sagte ich.

Er zitterte und sah auf die Krallen, die bereit waren, sich in sein Fleisch zu bohren.

„Sofort!", stammelte er.

Der Nullstein befand sich in einem kleinen goldenen Behälter, den er unter dem Ofen hervorzog. Ich nahm in an mich, nachdem ich mich vergewissert hatte, dass es der richtige war, während mich der Elektriker leichenblass um die Erlaubnis bat, einige Gegenstände mitzunehmen. Ich willigte ein und warnte ihn, dass ich zunächst einmal ihn, Ilg, töten würde, wenn der große Zauberer in der Zwischenzeit zurückkäme.

Er hatte schnell gefunden, was er suchte. Wir gingen hinaus auf den Gang.

In dem Augenblick, als der Elektriker, den ich vorgehen gelassen hatte, nach den Stangen greifen wollte, die innerhalb des Ausgangsschachtes angebracht waren, wich er hastig zurück. Ich verstand, und als die Füße des großen Zauberers auftauchten, hieb ich ihm die Krallen des Handschuhs ins Bein. Er stürzte schreiend zu Boden. Mit einem Fußtritt, der im den Kopf zerschmetterte, gab ihm Ilg den Rest.

„Jetzt sind wir hier in Sicherheit!", grinste er und sah mich mit zufriedener Miene an. „Niemand außer mir weiß in Nour, dass die elende Hütte, die Akash angeblich als Wohnung dient, einen Keller aufweist …"

Ich zuckte die Schultern. Was bedeutete mir dieses Detail! Akash war tot, und man würde ihn suchen. Man würde die Falltür leicht finden, und wenn wir noch in dem Keller wären, würden wir unweigerlich gefasst Ich zwang Ilg, mir nach draußen zu folgen.

Sobald wir uns einmal in dem aufgegebenen Steinbruch befanden, der mir als Versteck diente, seit ich nach Nour gekommen war, befragte ich den Verräter und erfuhr von ihm, *dass Toupahou und Silmée gefangen waren* ... Außer Akash wusste das niemand in Nour. Denn auf Betreiben Akashs wurde Toupahou festgehalten. Er war schon mehrmals schrecklichen Folterungen unterzogen wurden, die den Zweck hatten, ihn preisgeben zu lassen, wie sich der Nullstein zersetzte. Selbst unter den furchtbarsten Qualen hatte er immer versichert, dies nicht zu wissen. Ich wiederum wusste, dass dies eine überwältigende Lüge war, denn Toupahou war von Rair, seinem Großvater, in das schreckliche Geheimnis eingeweiht worden.

... Die Zeit drängt. Ich hätte zu viele Dinge aufzuschreiben. Und der Tod, das Nichts ist Illa, Rair, all denjenigen, die ich geliebt habe, und mir selbst nah. Ich habe es gewollt. Ich würde es wieder tun, wenn ich es wieder zu tun hätte ...

Ich befreite Toupahou und Silmée. Nachdem es mir gelungen war, mir die Uniform eines Gefängniswärters zu beschaffen, konnte ich in den düsteren Kerker Einlass finden. Mithilfe von Limms Handschuh tötete ich nacheinander mehrere Wachmänner. Ich öffnete Toupahous Verlies. *Der Unglückliche hatte keine Arme mehr.* Man hatte sie ihm langsam in Säuren zerfressen lassen.

Von ihm erfuhr ich, dass sich Silmée in einem Verlies neben seinem befand, damit sie seine Schmerzensschreie hören konnte und ihn zum Reden veranlasste. Was die Grausamkeit betraf, standen die Nourianer den Illianern in nichts nach! Aber der ursprüngliche Anlass für all diese Schrecken, war das nicht Rair?

Unsere Gefühle, als wir uns wiederfanden, mein Kind und ich, hätten uns fast den Verstand verlieren lassen. Arme Silmée! Unglücklicher, der ich bin!

Es gelang uns, das Gefängnis zu verlassen und den Steinbruch zu erreichen, der mir als Zufluchtsort diente.

Ilg schlief. Um unser aller Sicherheit willen tötete ich ihn ohne Toupahous und Silmées Wissen.

Ich erfuhr von Toupahou, dass er es gewesen war, der, nachdem er sich den Reihen der Nourianer angeschlossen hatte, einen der schrecklichen Erdbohrer steuerte, bis zu meiner Wohnung vorge-drungen war und Silmée weggeschafft hatte. Aber Houno, der König von Nour, ebenso heimtückisch und trickreich wie Rair, hatte die beiden Verlobten bei ihrer Ankunft in seinen Staaten festnehmen lassen.

Das tragbare Telefon, das ich Limm abgenommen hatte, funktionierte sehr schlecht, und ich befürchtete, den Leuten von Nour meine Anwesenheit zu verraten, wenn ich mich seiner bediente.

Ich schickte Toupahou nach Illa, um über unsere Rückkehr zu verhandeln und um unseren Frieden mit Rair zu schließen, wenn das möglich wäre.

Der Abschied der beiden Verlobten war herzzerreißend. Man hätte sagen können, dass sie die Zukunft errieten.

Toupahou gelang es, Illa wieder zu erreichen, wo ihn Rair unerbittlich am Fuße der Pyramide des obersten Großen Rates hinrichten ließ.

Die Nachricht davon gelangte bis nach Nour. Ich erfuhr es und konnte es vor Silmée nicht verbergen. Am selben Tag, als ich mich entfernt hatte, um uns etwas Nahrung zu beschaffen, fand ich mein Kind leblos vor. Tot ... Sie hatte sich die Krallen von Limms Handschuh in die Brust gestoßen. Und wie schwach auch das noch verbliebene Gift gewesen sein mag, es hatte genügt, um mein Kind zu töten.

Ich komme zum Schluss Alles ist vorbei, und ich wundere mich, dass ich noch am Leben bin.

Ich kehrte in einer stürmischen Nacht mit dem Aerion nach Illa zurück, das ich entführt hatte. Seine Akkumulatoren enthielten noch genug Energie, um mich die Grenzen meines Vaterlandes überwinden zu lassen. Nach einem Marsch von einigen Tagen erreichte ich die Terrassen.

Alles war ein Durcheinander und Verwirrung.

Die Sonnenlichtkondensatoren funktionierten nicht mehr. Seit langer Zeit waren die Gräben schon wieder zugeschüttet, die dazu gedient hatten, die Erdbohrer aufzuhalten. Aber die Maschinen, die für die Arbeiten verwendet worden waren, befanden sich noch auf den Baustellen. Die Parabolspiegel, die über den Schächten zur Verteilung von Wärme und Licht installiert waren, waren fleckig, verschmutzt, zerkratzt.

Erbärmliche Illianer, die ich befragte, erkannten mich nicht und teilten mir mit, dass mit der Vernichtung der Affenmenschen der Abbau des Erzes, das für die Blutmaschinen benötigt wurde, fast zum Stillstand gekommen war und dass diese kaum noch funktionierten. Man hatte die Bevölkerung mit den Vorräten der Affenmenschen ernähren müssen! Dank des Terrors, den er verbreitete, hatte Rair dennoch die Macht behalten. Das Verschwinden Limms hatte aber seiner ins Wanken geratenen Macht einen neuen Schlag versetzt. Und man befürchtete einen Angriff der Nourianer, sodass die Bevölkerung sogar die Gefangenen freilassen wollte. Voller Wut hatte Rair diese letztgenannten umbringen lassen.

Illa brach zusammen.

Es gelang mir, in die Schächte zu kommen, so nachlässig war jetzt die Überwachung. Ich konnte bis in die Krypten vordringen, wo die Munitionsvorräte von Illa aufbewahrt werden. Sie waren fast leer – aber was bedeutete das schon!

Ich gelangte vor die dreifach gesicherte Kasematte, die den Nullstein enthielt.

Bevor Toupahou nach Illa aufgebrochen war, um dort den Tod zu finden, hatte er mir das Geheimnis der schrecklichen Legierung verraten.

Ich legte vor der Panzerung den goldenen Behälter ab, der das von Ilg entwendete Stück Nullstein enthielt, und daneben stellte ich ein kleines Elektroheizgerät auf, das ich so einstellte, dass der in dem Behälter aufbewahrte Nullstein innerhalb einer sehr kurzen Zeit ausreichend erhitzt würde, um zu zerfallen und gleichzeitig das Zerfallen der Hunderte von Kilogramm Nullstein, die hinter der Panzerung gelagert waren, und damit die vollständige Vernichtung von Illa zu bewirken.

… Ich bin zu Ende. Es ist neun Uhr abends. Die Sonne ist schon lange hinter der Pyramide des Großen Rates verschwunden. Die Sterne funkeln. Es ist Illas letzter Abend.

Seine Zivilisation hätte es vielleicht verdient, gerettet zu werden. Ich werde jetzt das aufzeichnen, was ich von den wichtigsten Entdeckungen unserer Weisen weiß. Einige Formeln werden genügen. Und ich verschließe dann das Manuskript in dem Behälter, den ich vorbereitet habe und der vielleicht der Katastrophe entgeht.

Was bedeutet das schon!

Ich werde sterben. Rair wird sterben. Und auch dieser Haufen gemeiner Wilder, die sich zu allem bereitgefunden haben, um ihr widerliches Dasein zu verlängern. Dass ich sie nicht alle sehen kann, um ihnen ins Gesicht zu lachen und ihnen zu zeigen, dass ihre Schändlichkeit vergebens war!

…

So endete der übersetzte Teil von Xiés Manuskript.

Alles lässt vermuten, dass das violette Stück Stein, das von Dr. Akinsons Haushälterin in den Ofen ihrer Küche geworfen wurde, nichts anderes war als ein Stück Nullstein, das – durch welchen Zufall? – Illas Vernichtung entgangen war.

Dieses Stück einer unbekannten Materie musste – alles scheint dies zu beweisen – in einem Zeitabstand von mehreren hundert Jahrhunderten später neue Ruinen bewirkt haben: die Zerstörung von San Francisco …

Nachbemerkung

Rair, der Diktator, und Limm, der Chef seiner Geheimpolizei (und
„schlimmer" noch als jener), man möchte meinen, José Moselli hätte
1925 Hitler und Himmler vorausgedacht, zumal auch das von ihnen
beherrschte Illa ebenso untergeht wie das Gott sei Dank kürzere
„tausendjährige" Reich.

Joseph Théophile Maurice Moselli, der sich später José Moselli
nannte, wurde am 28. August 1882 in Paris geboren und starb am 21.
Juli 1941 in Cannet. Im Alter von dreizehn Jahren läuft er von zu
Hause weg und verdingt sich als Schiffsjunge. Nach mehreren Reisen
über die Meere wird er Offizier der Handelsmarine und schließlich
1903 Schiffskapitän. 1909 nimmt er seinen Abschied, lässt sich in Paris
nieder und beginnt eine Karriere als Schriftsteller, ein Werdegang, der
erstaunliche Parallelen zu dem eines der Großen der englisch-
sprachigen Literatur aufweist, Joseph Conrad. Bis in die dreißiger Jahre
des zwanzigsten Jahrhunderts werden von ihm zahllose Veröffent-
lichungen in dem Bereich erscheinen, den man in Frankreich freundlich Feuilleton, in den Vereinigten Staaten nicht mehr ganz so
freundlich Pulp und in Deutschland verächtlich Schundliteratur nennt,
zum großen Teil Kriminal- und Abenteuer-, aber auch Science-Fiction-
Geschichten und -Romane als Fortsetzungsfolgen in Zeitschriften des
Pariser Verlags Offenstadt, der 1899 von aus Deutschland stammenden
Brüdern gegründet worden war, insbesondere „Sciences et Voyages",
„L'Épatant", „L'Intrépide" usw. Zahlreiche Episoden erschienen auch in
Heftchenform vor allem in den Reihen „Collection d'Aventures" und
„Les Grandes aventures policières" ebenfalls im Verlag Offenstadt. In
seinem Buch „L'Apothéose du Roman d'Aventures" (Encrage Édition,
Amiens 2001), das die Beziehungen zwischen José Moselli und dem
Verlag Offenstadt in aller Ausführlichkeit behandelt, führt Jean-Lous
Touchant nicht weniger als dreiundneunzig „Feuilletons" auf, die so
erschienen sind, von „Les Aventures d'un jeune policier", den
„Abenteuern eines jungen Polizisten" (in Zusammenarbeit mit G. Dam)
1909-1912 bis „Les Gangsters de l'Irraouady", den „Gangstern vom
Irrawaddy" 1939-1940. Trotz alledem hat man ihn in Frankreich mit
dem traurigen Beinamen „l'écrivain sans livre – der Schriftsteller ohne
Buch" bedacht, denn tatsächlich ist keines der Werke José Mosellis zu
seinen Lebzeiten in Buchform erschienen, nicht einmal sein wohl
bedeutendstes, „La fin d'Illa", das erst 1970 vom Verlag Rencontre als
Band 3 seiner Reihe „Chefs-d'Œuvre de la Science-Fiction – Meister-

werke der Science Fiction" zusammen mit „Le Messager de la planéte" (deutsch in meiner Übersetzung als „Der Bote des Planeten" 2019, Heft 46 der Reihe „Buntes Abenteuer" bei Edition TES, Erfurt) und „La Cité du gouffre" (deutsch in meiner Übersetzung „Die Stadt im Abgrund", unveröffentlichtes Manuskript) wieder herausgegeben wurde. Eine Übersetzung ins Englische erschien 2011 im Verlag Black Coat Press in den Vereinigten Staaten.

D.E.